COLLECTION FOLIO

Jean Clair

Journal atrabilaire

Gallimard

Cet ouvrage a été précédemment publié
dans la collection « L'un et l'autre » aux Éditions Gallimard.

Conservateur des musées de France, d'abord au Centre Pompidou puis directeur du musée Picasso, Jean Clair a aussi exercé son activité dans de grands musées nord-américains et dirigé le centenaire de la Biennale de Venise. Auteur d'expositions internationales, comme *Vienne, 1880-1938* ou récemment *Mélancolie*, il est l'auteur d'essais sur l'art et l'esthétique, traduits dans plusieurs langues.

AUTOMNE

Planétarium

Après dîner, au Palais-Royal, pendant qu'on revenait rue du Mail, je rappelais à W. S. que ce quartier avait été, jusqu'à la Première Guerre, celui des écrivains, des poètes, des musiciens, Molière et Goldoni, Diderot, le neveu de Rameau, Mozart et Liszt... Tout au long de ces Passages, Galerie Vivienne, Choiseul, les Panoramas, on croise encore les silhouettes de Gérard de Nerval, de Lautréamont, de Louis-Ferdinand Céline, de Walter Benjamin... Pour André Breton, la Place Dauphine était le sexe de Paris. Mais la Place des Victoires, par sa forme, est son ombilic. Au cœur géographique exact de la ville, elle fut longtemps le centre de son petit monde intellectuel...

« Oui, dit-il, tout le monde, un jour ou l'autre, est venu habiter à Paris. Les seuls qui n'ont jamais pu le faire, c'est Hitler et Staline... »

En effet, par une ironie de l'Histoire, les deux hommes les plus craints du siècle dernier n'ont jamais eu la liberté dont jouissent sans frein des millions de touristes. Hitler : deux ou trois pauvres heures à Paris, guidé par Albert Speer, le temps de toiser la Tour Eiffel et de s'extasier devant l'Opéra — puis à nouveau le théâtre des opérations, avant le suicide, au fond du bunker. Staline ne sortait pas de Moscou, quitta à peine le Kremlin, d'où il consolidait le régime en envoyant à la mort ses contemporains. Pour eux, le vaste monde que les humains parcourent n'était qu'un réduit bétonné, avec, sous leurs doigts, substitut puéril et dérisoire, le globe terrestre que faisait tourner Charlot dans son film. Quant à Lénine, il traversa l'Europe dans un wagon plombé.

Ce retrait, cette prison, et cette ankylose, cette paresse du cœur et cette acrimonie, rappellent l'anachorète au désert que le Malin séduit. Mais leur Égypte et leur Syrie, ce fut pour eux le grand désert des hommes. La mappemonde et le crâne sont, depuis Dürer, deux symboles du solitaire en proie à sa rumination mortelle.

L'*acedia* dont ces dictateurs souffraient était l'humeur noire nécessaire sans doute à puiser l'énergie de mobiliser autour d'eux autant d'hommes. Ces armées en campagne, franchissant en un jour des distances énormes, ces troupes envahissant en quelques jours des pays lointains, ces millions de personnes déplacées, ces fuyards sur les routes, ces exodes, ces migrations jamais vues de peuples, ces troupeaux de civils et ces trains de déportés — ce grouillement affolé, cette agitation inimaginable d'humains réclamaient un moyeu immobile, un point fixe assez fort pour retenir leur course.

Or, au cœur de ce planétaire de mort et de désolation, au lieu même où les anciennes conceptions médiévales du cosmos avaient placé Satan — et transformaient donc la Terre en Enfer —, ce sont eux, immobiles, les dictateurs, qui se tiendraient. Là même où Copernic plus tard allait placer un soleil fixe et lumineux, les idéologies sanglantes de notre époque remettraient le soleil archaïque et noir du svastika et le drapeau rouge du communisme.

Le carrousel des révolutions faisait rouler des humains à l'abîme, et l'astre obscur des mélancolies se levait là où la Place ancienne, deux siècles auparavant, avait dressé un Roi-Soleil autour duquel s'ordonnaient des bâtiments superbes.

Ésope

Chaque fois que je pense à Brice Parain, je le revois descendant l'escalier du hall de Gallimard, un peu lourd, vêtu de la même veste de tweed marron, son beau visage tranquillement modelé dans la glaise, étonnamment pareil à celui du vieil Ésope peint par Velázquez au Prado. Tel Ésope, c'était la langue, entendue comme la meilleure et la pire des choses, qui l'occupait. Sa connaissance profonde du monde russe donnait aussi au petit monde intellectuel de la rue Sébastien-Bottin un poids qui lestait sa légèreté. Pierre Pascal avait été son ami. Souvarine aussi. Dans les années 60, c'était mal vu.

Dans mon imagination, je le revois, le visage tourné vers moi, attentif déjà : non la bienveillance, mais la bonté. Il savait pourtant, à l'occasion, être féroce envers les faiseurs. Mais il savait écouter. Il aimait Queneau et appréciait Paulhan dont il poussait sans façon la porte du bureau. Je publierais plus tard leurs lettres, celles de Paulhan, d'une écriture appliquée, composée, précieuse à l'excès, et celles de Parain, d'une écriture cursive, peu lisible et sans ponctuation. La voix aussi marquait la différence : voix de fausset, de petit marquis précieux de Jean Paulhan, voix sourde et chaleureuse de Brice.

Chacun le saluait, dans les couloirs : « Bonjour Brice ! » Mais cette scène, c'était déjà la fin de la NRF. Quand je vais aujourd'hui rue Sébastien-Bottin, je croise des ribambelles de jeunes filles qui dévalent les marches pour filer déjeuner. Un côté « Sortie des usines Lumière ».

Eucharistie

Je suis né à Paris en 1940, le 20 octobre, au début de l'Occupation. C'était un jour, écrivaient les journaux, où même les patates avaient disparu des marchés. C'est étrange de commencer à vivre par mourir de faim. Il m'en est resté que l'idée de jeter de la nourriture, du vieux pain par exemple, m'a longtemps été insupportable. Mes proches ont pris ça pour la manie d'un esprit regardant. C'était plutôt le réflexe du ventre creux.

Il m'a fallu du temps aussi pour me décider à jeter des livres. Envahi par ces petits volumes pesants, gris, mal cuits et mal levés, j'ai dû pourtant me résigner à jeter ceux que je n'ouvrirais plus, et dont le poids menaçait mon plancher.

Jamais plus ? Qu'en sait-on ? Dans la solitude, au fond d'une prison, la possession d'un vieux journal redevient un petit trésor, dont on va lire et relire les articles, bien au-delà de leur intérêt passager de fournir des « nouvelles ». C'est le pouvoir de lire des mots qui recèle, en soi, un enchantement sans fin, non le sens de ce qui est écrit. Que des signes portés sur une surface puissent faire naître des images et ces images des idées, c'est une inépuisable magie, qui perdure bien au-delà de ce qui *y* est dit. Ce lire intransitif est pareil au charme que possédait parfois la peinture abstraite d'enchanter sans représenter.

Trouble plaisir, dans l'enfance, d'arracher aux toilettes du collège, dans cette curieuse proximité de la défécation et de la lecture que le mot « cabinet », discrètement, rappelle, une feuille de journal, moins pour s'essuyer les fesses que pour y lire, déchirées, des nouvelles qui dataient non d'hier, mais de trois ou quatre mois. La précarité de la situation se sublimait dans le parfum d'une éphémère immortalité.

Demeure une transcendance du papier imprimé, un intouchable du mot encré, qui dépasse son usage profane. Tirer un livre qui dormait sur l'étagère, l'ouvrir, commencer de le lire, c'est réveiller une parole assourdie en lui prêtant sa voix. C'est toujours un peu le « Ceci est mon corps… Faites ceci en mémoire de moi ». C'est ressusciter, dans l'élection du livre, et perpétuer une présence qui semblait morte ou oubliée : il y a toujours un miracle de la lecture, très proche du mystère de l'Eucharistie, qui nous redonne un corps chaud et familier là où l'instant d'avant il n'y avait que silence et poussière. Le papier imprimé, qui ressort de la poudre accumulée du temps, rejoint le pain enfariné dans cette communion du verbe.

On ne peut pas plus jeter un livre qu'on jette un morceau de baguette ou de miche. Tous deux sont précieux, symboles de paix, de contentement, signes que la vie est rentrée dans l'ordre et que les besoins seront satisfaits.

J'ai toujours été impatient de manger et de lire, un peu goulûment même, gardant la peur des garde-manger déserts et des étagères vides.

J'ai quand même fini par jeter des livres. C'est un geste salubre. D'abord, il vous pousse à relire ce qu'on va sacrifier. On refait connaissance. Et cette relecture, on l'aura faite sous l'éclairage de ce Jugement dernier. Bien sûr, on n'ira pas plus loin que quelques pages. Le goût est suffisant pour rassurer : le livre entier est devenu rassis, comme un quignon.

Et l'on va au Désert dont on aura rêvé, sans bibliothèque pesante et sans archives inutiles, le cœur libéré, apte à méditer seul sur les mystères du monde.

Chiennerie

Trouvé dans un délicieux livre de Pierre Leyris, fait de mémoires écrits peu de temps avant sa mort, ce passage : « Les calembours lui causaient un violent dégoût. Les contrepèteries, même drôles, le mettaient mal à l'aise. Au fond, tout jeu de mots gratuit, même bénin, était pour lui un sacrilège inavoué à l'encontre du Verbe. »

Qu'aurait-il pensé de ces journaux dont les titres d'articles ne sont plus guère que des calembours et des contrepèteries qui ont fini par remplacer la simple information et tenir lieu d'analyse ? Qu'importe que l'on ne sache rien du problème, pourvu qu'on ait souri ? À quoi bon tenter de comprendre les difficultés politiques du moment, la dureté des temps, la misère des populations, si les mots sont là, non pour les évoquer mais pour les évacuer ? Qu'importe l'effort de se mettre en sympathie avec les embarras du monde quand on peut, d'un jeu de mots, mettre les rieurs de son côté ? À quoi bon être précis dans l'emploi du langage quand n'importe quel à-peu-près vous garantira la complicité du lecteur ?

C'est sur ces pirouettes que la presse satirique a gagné son audience. Mais elles ont gagné aussi les quotidiens réputés sérieux, qui n'ont pas résisté longtemps à l'envie ignoble du clin d'œil, qui est la complicité des médiocres. *Quid* de ce *Figaro* « littéraire » qui salue la parution des écrits sur l'art de Malraux par un stupide « Malraux brandit les temps d'art », digne des titres les plus infantiles de *Libération* ?

Le calembour est une fausse monnaie. Il circule dans les fins de siècle, mêlé aux objets surchargés, ridicules, inutiles et laids qui encombrent les intérieurs. Il relève des *curiosa*, cette catégorie de la littérature pour esprits énervés qui caractérise ces époques. Mais il peut aussi, à tout moment, circuler dans les petits cercles des dandys, des oisifs, des parasites, où il faut surtout ne jamais rien prendre au sérieux. Le journalisme et la télévision sont aujourd'hui son terreau d'élection.

Et maintenant, mêlées au tutoiement d'usage, ce sont les informations à la radio, les interviews à la télévision dont on entend ricaner les auteurs, d'une oreille incrédule, quand tout entretien sur les affaires du monde n'est plus guère qu'assaut de plaisanteries, magasin de farces et attrapes, succession de sous-entendus graveleux. De proche en proche, c'est tout l'entendement qui s'en trouve gangrené. Si le calembour est la fiente de l'esprit qui vole, les journalistes sont devenus les nouveaux Adulateurs de l'instant, ceux que découvrait Dante, baignant dans leurs excréments, au fond de la seconde bolge de l'Enfer.

Le don

Deux sortes d'amis. Ceux qui, ayant appris que vous avez publié un livre, vont attendre, impatients plus ou moins, que vous le leur envoyiez. Et ceux qui, sans tarder, en achètent plusieurs exemplaires pour les donner à leurs proches. Amitié jalouse et amitié distributive.

Les limbes

Cette petite chapelle, à Saint-Pantaléon près de Gordes, des premiers temps de la christianisation. Ramassée sur elle-même, elle s'enveloppe des trois arrondis de ses absidioles. Et tout autour, creusées dans la roche sur laquelle elle a été directement bâtie, se distribuent de petites cavités oblongues, de la taille et de la forme d'un berceau. Ce sont des tombeaux de pierre qui étaient destinés aux enfants morts dans les limbes — ces limbes sur lesquels Pontalis a écrit un beau livre. On amenait les petits corps sans vie dans ce sanctuaire où ils ressuscitaient le temps d'une messe. C'était assez pour qu'on les baptisât et qu'on les dît enfants de Dieu. Puis ils étaient enterrés dans ces creux de rocher. Désormais l'âme en paix, ils voguent pour l'éternité, réunis dans cette flottille de sauvetage amarrée autour du navire amiral. On appelait ces chapelles des « sanctuaires de répit ».

Ce répit-là vaut bien celui sur lequel discutent désormais biologistes, éthiciens et législateurs, ce délai de quinze semaines au-delà duquel il n'est plus permis d'avorter, autrement dit de tuer, déjà complet dans toutes ses parties, comme l'imagerie médicale le démontre, l'enfant des limbes.

Art dégénéré

Je me souviens, un autre été récent, Aix-en-Provence, Festival, le 7 juillet 2003. Anja Silja. Longue silhouette de grande et vieille dame, allongée dans un fauteuil. Elle chante le *Pierrot lunaire*. Fantôme blanc, voix blanche. La salle est suspendue à ce filet de voix qui monte et descend, se tord, hurle et s'apaise. Ce chant aux flexions impossibles à prévoir, elle est la seule peut-être à pouvoir le chanter. Cet au-delà funambule de la voix humaine, avec ces écarts inévitables et pourtant incalculables, c'est l'objet sonore le plus étrange que la culture viennoise a produit au moment de disparaître, fait de violence et de vulnérabilité.

Vers le milieu du morceau, des bruits sourds se font entendre dehors, éclats de voix, vociférations. C'est d'abord incohérent, et puis, sous la direction d'un meneur invisible, le vacarme prend forme, devient cadence, martèlement, et commence à couvrir la voix d'Anja Silja. Continuer ? S'arrêter ? Pierre Boulez au pupitre dirige, un peu raidi, mais sourd à ce qui n'est pas la partition. Maintenant, c'est la porte du théâtre que l'on martèle, coups violents, rythmés, de plus en plus assourdissants.

Tout de même, ces hurlements, ces clameurs pour interdire une œuvre de Schoenberg, voilà qui rappelle quelque chose de fort désagréable... Ces « intermittents du spectacle », puisque ce sont eux, on voudrait ne pas les confondre avec les brutes qui venaient interrompre à Vienne les représentations du *Burgtheater*. Non, peut-être. J'en ai croisé quelques-uns, plus tôt, attablés Place de l'Archevêché, mangeant beaucoup, buvant sec et parlant haut. Quelques gros bras de Marseille étaient venus les rejoindre.

Le dispositif de scène imaginé par Gilles Aillaud est une grande cage de fer. C'est derrière les barreaux que jouent les musiciens et que chante Anja Silja. Il y a même un petit singe, juché sur une colonne, pour faire comprendre que nous sommes dans un zoo. Les hurlements, dehors, nous rappellent que, peu nombreux dans la salle, nous sommes aussi les derniers spécimens d'une espèce en voie d'extinction, qui aimaient l'art, la musique et les livres, et qui seront injuriés par les forcenés, dehors, lorsqu'ils devront quitter les lieux.

*

Le suicide, comme le plus court chemin de soi à soi.

Un journal, comme mise à distance de soi à soi.

*

Le jardin d'Éden

Les voyages dans l'espace nous auront au moins permis de constater, en renversant des hiérarchies immémoriales, que l'Enfer n'est pas tout en bas, dans la cité de Dité, mais plutôt là-haut, dans l'ancien Empyrée. Absence d'air, absence de lumière, absence de plantes et d'animaux, absence de sons, privation sensorielle, zéro absolu, vide intégral. Virgile aujourd'hui endosserait la combinaison blanche du cosmonaute pour entraîner Dante à la découverte du feu central.

Je ne suis pas sûr qu'on en ait tiré le corollaire : le Jardin d'Éden, c'est la Terre ici-bas, merveilleuse, inépuisable, multicolore, chaude et fraîche, pleine de fruits, de feuilles et d'oiseaux, comme la représentaient encore Rubens et Bruegel au *Seicento*, avant que les progrès de la science ne commençassent de ruiner ses richesses.

Arrière-grand-père paysan. Grand-père instituteur. Père professeur. Exemple bien connu d'ascension sociale. Mais le fils ? Il deviendra musicien Pop, Rock ou DeeJee. Après les années 60, studieuses, attentives, engagées, temps des revues savantes et des amphis ardus, vint le temps des *Inrockuptibles*, des « Techno Parades » et des « raves ». La montée du progrès social s'acheva dans le tintamarre, et la chimie quintessenciée des élites dans la physique pour tous.

Le silence a disparu. La musique aussi. Dans les boutiques, les restaurants, les taxis, l'agression sonore ne cesse plus. Pulsation répétitive, vulgaire, violente, grésillements et stridences d'un moteur dont les pistons ne faibliraient jamais. Depuis ces jours où Luther, dérangé dans sa réflexion, jetait son encrier sur un bourdon, les parasites se sont, par millions, multipliés, d'autant plus impudents. À quoi bon tenter de penser encore ? Parler peut-être ? Mais tout a été dit, hurlent-ils aux oreilles. Ne demeure que le bruit. Un tintamarre infernal a traqué l'individu jusqu'en ses derniers plis. Nous sommes devenus pareils à ces moines studieux, en proie à l'acédie, que des nuées de bêtes monstrueuses et hurlantes venaient assaillir à l'heure de midi. Pis encore, elles pénètrent chez nous jusqu'au fond des nuits naguère silencieuses. Nous ne sommes plus baignés dans la mélancolie noble, généreuse, que distillait la musique, mais dans la fureur astringente ou l'apathie morbide que provoque un tumulte violent et qui nous replie sur nous-mêmes.

Les autobus avaient été le dernier refuge : « Il est interdit de parler au conducteur »... On se plongeait tranquille dans la lecture de son journal, le professeur corrigeait ses copies et le postier triait son courrier. Mais aujourd'hui, outre les électrochocs continus des « portables », c'est le conducteur de l'automédon qui soumet ses passagers au grillon continu de la musiquette sur laquelle il s'est branché, pris du désir de n'être plus un travailleur de force mais désormais un postillon festif.

Il faut ne plus penser, ne pas devoir, fût-ce un instant, se retrouver dans le silence et face à soi. Devenue cuir tendu, la tête doit résonner de ces batteries furieuses et le corps, par-dessous, s'irriguer à ces pompes aspirantes et refoulantes. Si l'on débranchait ces tambours, les patients, sevrés du flux de leurs humeurs, s'affaisseraient d'un coup comme des marionnettes privées de leurs fils.

Sur ce désastre de l'intimité et des petits bonheurs qui l'accompagnent — la réflexion, le souvenir, la pensée, ou simplement le flottement vague ou rêveur de l'imagination mélancolique —, sur cette infinité de mots murmurés par les siècles et désormais recouverts, triomphent la pulsation primitive des amplis, la rumeur sourde des baffles, le roulis premier des électrons. Non plus « la musique avant toute chose », mais le chaos du grand *Finale*, l'Armageddon tonitruant, l'apocalypse par millions de décibels. « La disparition du silence, disait Cioran, doit être comptée parmi les indices annonciateurs de la fin. »

Il est étrange de penser que ce qui fut, durant deux siècles, la souffrance de l'ère industrielle, la vibration puissante et grave des machines, ébranlant jusqu'à le ruiner le corps des travailleurs, est devenue la réjouissance des oisifs. Le pire est peut-être la cadence invariable des coups portés, l'égalité de la hauteur de la vibration, le bruit sourd et toujours identique, sans modulation, comme un symbole de l'illimitation du mal, ce qui se répète et qui ne change pas, comme un glas infernal et infini.

Anima

Brusquement tiré du sommeil par un bruit, je me découvre allongé sur le lit, échoué comme un poisson sorti de l'eau. Je me tourne et me retourne, suffoquant, sans plus pouvoir trouver l'aspiration lente et salubre des profondeurs. Ce sera l'insomnie jusqu'au petit matin.

Costumes et coutumes

Coïncidence : dans les années 90, les Français ont commencé d'abandonner la cravate pour s'afficher le col ouvert — puis le pantalon, dès les premiers beaux jours, pour adopter le short, et la chaussure de cuir pour les tennis avachies. Leurs femmes cependant s'avançaient, désormais ventre nu, nombril « piercé » et *string* apparent. Nos amis italiens et espagnols ont observé la naissance de ce débraillé avec ironie et non sans un certain mépris.

C'est dans le même temps cependant que les musulmanes ont lentement entrepris de reprendre le voile traditionnel, non seulement pour cacher leurs cheveux, mais aussi pour dessiner en les masquant les courbes de leur corps.

On s'en est alors indigné. On légifère à présent et on interdit, la laïcité à la bouche.

Il y a cinquante ans à peine, ma mère ne serait pas sortie sans son fichu. L'idée de paraître tête nue lui était insupportable. Les femmes en cheveux ne pouvaient être que de haute ou de basse extrace : la bourgeoise ou la putain. La première s'occupait de soins du cheveu que ma mère ne pouvait s'offrir. La seconde affichait dans sa toison les appas d'un sexe qu'il fallait cacher. Mon père lui aussi, employé du métro, ne serait jamais sorti sans son chapeau. La rue ne connaissait pas la distinction tribale des « marques » et des « griffes ». Le chapeau dans la rue était aux adultes ce que la blouse était aux enfants dans la classe, un moyen de cacher les inégalités. Et chacun, du patron à l'ouvrier, de se couronner la tête, d'afficher son chef et d'exhausser son front.

Je me souviens aussi, en Sorbonne, c'était en 63, d'une nonne au joli visage. Elle portait la longue robe bleue et le voile blanc d'un ordre hospitalier. Elle se coulait discrète dans la masse des étudiants et s'asseyait tranquille au dernier rang de l'amphi. Un jour un professeur, franc-maçon ou libre-penseur, arrêta son cours au milieu d'une phrase, apercevant l'impure, et l'apostropha, l'injuria, lui demanda de quitter la salle. La jeune fille, blême, se leva sans un mot. On ne la revit plus. Aurait-il fallu qu'elle s'habillât à la mode Bardot, minijupe et sweater moulant ?

Aujourd'hui, dans son tout-va, le Français jeune et libéré, avec cette coquetterie d'agonisant dont parlait Cioran, reproduit sans s'en apercevoir les signes qui, dans l'Ancien Régime, annoncèrent la fin d'une classe possédante qui ne croyait plus à rien, pas même à ses privilèges. Chemise ouverte et col déboutonné, l'Occidental, irreligieux mais tolérant, irrespectueux mais éclairé, marche dans la rue ou parade à l'écran dans le costume avec lequel Desmoulins et André Chénier étaient jadis montés à l'échafaud : chemise ouverte, découpée aux ciseaux. Bien dégagé dans le cou, il tend la tête à la guillotine invisible qui mettra fin à son règne.

Costume est coutume. La nudité gazée des Merveilleuses copiait sous le Directoire l'impudeur des « sans-chemises ». On sait ce que Baudelaire avait dit de la beauté des hommes de son temps, leur redingote noire et leur chapeau haut de forme, et du deuil quotidien qu'ils semblaient célébrer. Poufs et faux-culs du tournant victorien du siècle dernier.

Qu'aujourd'hui des jeunes filles, soumises à l'emprise de l'interruption de grossesse et au déni de la maternité, exhibent avec tant d'indifférence ou de passivité leur ventre lisse et leur nombril, trahit un autre malaise. Elles désignent à leurs contemporains la partie de leur corps qu'on leur a dit sans cesse être inutile. Mais du même coup, elles mettent en avant, invisible mais d'autant plus présent, le lien ombilical qui les rattache, lors même que les notions de descendance et de transmission ont été effacées, à la mère dont elles sont nées.

Le procès, il est vrai, est ancien. En 1500 déjà, je lis que Sébastian Brant dans sa *Nef des fous* fustigeait les modes nouvelles : « La belle nouveauté qu'on voit partout : la robe y est si rase qu'à peine elle couvre le nombril. »

Pendant ce temps, furtives et balancées, couvertes de voiles aux profonds coloris, glissent ces femmes qui témoignent contre nous de cette discrétion du corps, de cette élégance et de ce maintien qui furent les signes extérieurs de notre culture et les garants de sa pérennité.

Perdues mais distinguées dans la foule uniformément grise de leurs contemporains, elles sont belles avant tout, filles d'Allah comme les filles de Nîmes dont Poussin comparait l'harmonie à celle des colonnes de la Maison carrée, « vu que celles-ci ne sont que les vieilles copies de celles-là ». Ces chorées et ces canéphores font revivre des copies d'images très anciennes. Après l'Antique, après Rome et ses matrones, l'art chrétien les a diffusées pendant des siècles. Femmes des Panathénées, Déméter et Perséphone, femmes entourant le Christ entrant à Jérusalem, femmes des noces de Cana, femmes du Golgotha, femmes de la Pietà, figures répétées à foison dans les stèles, les mosaïques, les fresques, les retables, les enfeus, effigies d'un Orient des merveilles et de la mort, des youyous aigus et des pleurs.

Je viens de relire le *Journal* de Delacroix, son voyage au Maroc, son émerveillement devant la fille de Jacob : « La Beauté s'unit à tout ce qu'ils font. Nous autres, dans nos corsets, nos souliers étroits, nos gaines ridicules, nous faisons pitié. La grâce se venge de notre science. » Son ami Baudelaire, là-dessus, en atrabilaire, pensera tout le contraire, exaltant l'habit de funérailles que porte l'homme moderne : « Nous autres modernes, combien nous sommes… », etc.

Que peut opposer une France amnésique ou ricanant de son héritage à ce modèle bimillénaire ? La laïcité ? Mais les hussards noirs de la République étaient vêtus comme des mollahs, et leurs élèves, sans exception, de sarrau gris ou noir, bordé d'un filet rouge. Plus encore : lorsqu'on était de modeste origine, aux marges de la société, a-t-on oublié qu'il n'y avait que deux façons de sortir de sa condition et d'accéder aux « lettres », le rouge ou le noir, l'uniforme de l'Armée ou la robe de la prêtaille ? J'imagine assez bien que les jeunes musulmanes n'ont jamais fait aujourd'hui que négocier avec leurs familles le droit d'aller à leur tour aux écoles contre l'obligation de porter l'habit.

France, mère des arts…

« Par un épais brouillard du mois de septembre, deux enfants, deux frères, sortaient de la ville de Phalsbourg en Lorraine. Ils venaient de franchir la grande porte fortifiée qu'on appelle *porte de France*… »

Je ne peux relire ces lignes, si bien cadencées, sans une certaine émotion : *Le Tour de la France par deux enfants*. Mon père, né avec le siècle, a appris à lire, et le peu qu'il savait, dans ce petit manuel « pour cours moyen ».

L'action se situe après la défaite de 1871, et s'achève, est-il précisé, en 1902. Les deux enfants, André et Julien, sont décrits comme des émigrants. Des émigrés de l'extérieur si l'on veut : lorrains, de langue et de culture françaises, ils tentent clandestinement de rejoindre leur patrie, qui est la France.

Le récit de leur voyage se confond avec l'apprentissage de l'histoire, de la géographie, de l'économie des régions qu'ils traversent, avec quelques notions de droit, de morale, de sciences physiques et naturelles. Ils parcourent une Terre promise dont ils vont apprendre à nommer les fruits.

En ce temps-là, chaque chose et chaque être paraissait avoir une identité. Chaque ville avait sa mission : « Le Creusot est ainsi appelé parce qu'il est situé dans le creux d'une vallée. Là s'est établie une des plus grandes usines de l'Europe, dont on voit dans la gravure les cheminées fumer. Autour de l'usine s'est bientôt groupée toute une population d'ouvriers : une ville s'est ainsi formée qui compte maintenant 30 600 habitants et s'accroît sans cesse. »

Chaque pays avait ses « Grands Hommes » : « Colbert né à Reims en 1619, mort en 1683. Il diminua les impôts que payait seul le peuple et augmenta ceux que les nobles payaient. Il encouragea l'agriculture : c'est aussi grâce à lui que l'industrie française se développa et qu'elle a acquis cette élégance qui la distingue encore au milieu des industries de toutes les nations… »

Chaque maison, selon les régions, avait sa particularité : l'ardoise et la tuile, la lauze et le chaume… Les édifices semblaient les produits naturels du terrain où ils étaient construits, tant ils en partageaient les matériaux, les proportions, les couleurs… Le même maréchal-ferrant, partout, forgeait les sabots pour les chevaux, les anneaux pour cercler les roues de charrette, les ferrures pour les portes et fenêtres.

De ces milliers d'identités diverses, la France tirait une identité singulière — à laquelle appartenait la Lorraine, qu'il faudrait, avec l'Alsace, un jour regagner.

Une langue commune, surtout, commençait d'être parlée partout, qu'on aimait, qu'on respectait, à la virgule près. Les patois pourtant persistaient : le petit Julien, visitant une magnanerie du Dauphiné, se désole de ne rien pouvoir comprendre à cet élevage, car les hôteliers parlent une langue à laquelle il ne comprend mot. Heureusement, leurs enfants reviennent de l'école de la République et vont donc pouvoir lui expliquer, dans « la langue de la patrie », les mystères du ver à soie…

Sans doute avons-nous tous la nostalgie de cette vaillance tertio-républicaine… La Lorraine a accueilli avec joie Toyota, en attendant de se rendre compte avec douleur que les méthodes japonaises de « management » s'accordaient mal au tempérament français. Le Pays d'Auge fabrique des fromages en se demandant avec inquiétude quelles directives de Bruxelles finiront par leur ôter leur goût. Les banlieues et les campagnes se sont couvertes de villas en parpaings et de merlineries néobasques ou néoprovençales qui ont peu à voir avec l'habitat traditionnel. Quant aux Grands Hommes, ils sont devenus l'horreur d'une Éducation nationale égalitariste, qui souhaiterait qu'ils n'eussent jamais existé. La langue, enfin, semble devenue la dernière des catins…

C'est Robert Schuman, Lorrain lui aussi, qui fut peut-être, dans les années 50, le dernier descendant d'André et de Julien.

Pour mesurer combien la France, en trois générations, a oublié son identité et perdu sa joie de vivre, il faut relire un autre récit de voyage, fait à pied lui aussi, de village en village. En 1974, Jacques Lacarrière, en partant lui aussi, coïncidence ? de l'Alsace-Lorraine, arrivait, mille kilomètres plus bas, à la frontière catalane, de Saverne à Leucate.

Il y est souvent question d'ennui, d'aigreur, de ranci, de gens maussades, grincheux, grinçants, de portes qui se ferment, de lésine et de lucre, où André et Julien voyaient les sourires d'inconnus les accueillir partout. Indifférence, égoïsme sont des mots qui reviennent souvent sous la plume de Lacarrière. Une France mesquine, morose, regardante, étriquée. Des Vosges au Morvan, il s'en étonne, finit sa journée en mangeant un quignon de pain et dormant sur une table dans une Maison des Jeunes désertée, faute d'avoir trouvé un gîte... L'ennui surtout, l'ennui imprègne les journées, comme une poisse, ennui des campagnes industrialisées ou abandonnées, arasées, démembrées, puant les engrais chimiques, ennui des places de village désertes, ennui des volets clos, ennui des églises fermées à clef, ennui des bistrots où battre le carton et, dans le silence, car même les mouches ont disparu, avaler interminablement des bières... Ce n'est qu'aux portes de l'Occitanie, avec le vin plus généreux peut-être, et la sociabilité plus grande, qu'il retrouve un peu de chaleur humaine.

Mais ce qu'il découvre en même temps, en s'approchant des Pyrénées, ce sont partout des inscriptions géantes sur les murs : OCCITANIE LIBRE. La vie renaît, un « projet » se dessine, mais il ne renaît plus sous le signe de la réunion, mais de la séparation. La Septimanie d'un Georges Frêche, la Padanie d'un Umberto Bossi, la Corse... reprennent trente ans après ces revendications.

Les clameurs des indépendantistes feraient sourire si l'on ne savait qu'elles trouvent leur force non dans la reconnaissance d'une culture locale mais dans la méconnaissance ou le refus d'une culture commune. Parler breton ou catalan au nom des racines ? Mais quel Français, à Berlin, à Londres, à Madrid ou ailleurs... n'a fait l'expérience humiliante de constater que le kiosque local, si bien achalandé en journaux italiens, hollandais ou turcs, n'a dans sa propre langue aucun titre à proposer ? Comment peut-on se lamenter pourtant que le français, hier parlé dans presque tous les pays d'Europe, n'y soit plus présent, quand les Français eux-mêmes s'acharnent à mépriser leur langue ?

La Septimanie dont le nom sonne comme une infection est en effet de ces micro-organismes qui prolifèrent sur le corps décomposé des nations. André et Julien aujourd'hui ne quitteraient pas Phalsbourg pour rejoindre la France. Ils refermeraient les portes fortifiées de leur ville pour réclamer l'autonomie de leur Lorraine natale.

Vient le moment où des nations autres, des religions, des croyances, des langues différentes, plus vigoureuses, plus sûres d'elles-mêmes, font la vidange et prennent la place. Soutiers, boueux, balayeurs, hommes de peine et femmes de ménage, tous chargés du soin des vieilles sociétés d'Occident, déposeront bientôt le corps affaibli dont ils ont la charge. Un pays qui n'est plus conscient ni fier de ses propres idéaux finit seulement par appeler pluralisme ou tolérance ce qui n'est qu'impuissance.

HIVER

Principe de précaution

Pancarte à l'entrée du petit square du Musée Carnavalet : « Pour votre sécurité, ce jardin sera fermé en cas d'intempéries. » Interloqué, me passent par l'esprit des images de fin du monde, de fondrières soudain creusées au milieu des pelouses, de mares engloutissant des enfants, de branche d'arbre tombant sur un promeneur et le tuant net, comme celle qui mit fin aux jours d'Ödon von Horváth. Que sais-je encore ? Mais non : nous sommes au cœur du Carreau du Temple, et il tombe une petite pluie fine, verlainienne, qui n'est jamais ni plus fine ni plus douce que lorsqu'elle glisse sur les feuilles des platanes. La semaine dernière, au moment où Paris était recouvert d'un manteau de neige, une douzaine d'enfants venus des banlieues avec leur maîtresse (ou faut-il dire désormais technicienne supérieure d'éducation ?)

protestaient et pleuraient de ne pouvoir pénétrer dans ce joli jardin clos.

L'armoire aux confitures

J'ai la nostalgie de la ferme où je passais mes étés d'enfant.

Il y avait les endroits que le soleil illuminait et la croisée des fenêtres était l'aiguille qui indiquait l'heure portée sur le mur. Il y avait les endroits sombres et frais, la laiterie où le beurre était baratté, avec son ronflement de gros bourdon, et les endroits obscurs, le cellier, où vieillissait le cidre. Chaque degré de lumière et d'humidité s'accompagnait d'une odeur. La chambre avait l'odeur des dimanches frais, lumineux et bien repassés, faite de lavande et de Cologne ; l'office exhalait le petit-lait et la présure, l'odeur aigre du matin frisquet ; le grenier sentait la poussière âcre du grain juste serré. Un roulement ininterrompu de sensations, emplissant l'œil et le nez, gardait l'esprit en éveil.

Plus qu'un labyrinthe, c'était une initiation. Il y avait les lieux où l'on attendait d'entrer et ceux que l'on évitait, les passages où l'on s'attardait et ceux que l'on franchissait. Les placards que l'on ouvrait et ceux que l'on n'ouvrait jamais. Les armoires qui gardaient l'odeur rancie des rillettes et le parfum sucré des confitures. Les réduits pleins d'insectes visqueux et terrifiants, et les aires où venaient caqueter les volailles avant d'être chassées. Il y avait surtout, au terme du parcours, la chambre secrète, où l'aïeule était morte et dans laquelle on n'entrait pas.

Tous ces trésors se distribuaient sur quelques mètres carrés, dans la lumière parcimonieuse de fenêtres étroites, soumises encore à la loi sur l'impôt. Bien sûr, l'eau courante n'existait pas. Je me lavais à la pompe, tirant le flot d'un vieux tuyau rouillé — et ma tante s'inquiétait de cette manie de se laver chaque matin, alors que, ne travaillant pas, je ne pouvais pas me salir.

L'électricité arriva au début des années 60, remisant au placard les grosses lampes à pétrole et les petites lampes Pigeon. Elle prépara l'arrivée de la télévision — et de l'automobile. Le bruit et la fureur fracassaient un jardin clos. Ce fut la fin de tout — celle des robinsonnades et d'un certain bonheur.

Mais où est donc Ornicar ?

> Mais *les jardins de notre enfance,*
> *Où fleurissent-ils à présent ?*

Quel soleil les éclaire et quelle eau les arrose,
Ces jardins délicieux où fleurissaient les roses ?

Où *est le lit, dur à monter :*
Sous le tissu de percaline,
L'édredon au couleur de sang
Changeait le sommeil en gésine.

Et *le grenier plein du mois d'août,*
Les chats et les souris y prenaient leurs quartiers.
Les grains coulaient en lui comme un grand sablier,
On respirait l'odeur du moût.

Donc *les brouillards sur le torrent*
Blancs fantômes flottant sur les eaux du Léthé
Que le soleil séchait par les matins d'été
Sont partis au fil du courant.

Or, *la mouche bleue de septembre*
Où bourdonne-t-elle aujourd'hui ?
Qui frappait à la vitre en ces jours froids et gris,
Quand le calorifère adoucissait la chambre.

Ni *les étés ni les hivers*
Jamais n'épuisent le présent,
Les grains coulaient en nous comme un vieux sablier,
Blancs fantômes du temps que l'on a oublié.

Car *les jardins de notre enfance*
Où fleurissent-ils à présent ?
Quel soleil les éclaire et quelle eau les arrose
Ces jardins disparus où fleurissaient les roses ?

Faust au Berghof

À la télévision : vu un montage des petits films en couleurs qu'Eva Braun a tournés au chalet du Berghof, entre 1939 et 1942. Sur la terrasse, devant les montagnes de l'Obersalzberg, se succèdent, se rencontrent, se saluent bras tendu les dignitaires, Bormann, Goebbels, Himmler, marionnettes aux gestes saccadés, se produisant devant une toile peinte. Et puis glissent, imprévus dans le spectacle, des enfants et des chiens, vers lesquels Hitler se penche longuement, interloqué, et qu'il caresse en souriant d'une même main. Les chiens lui donnent la patte et les enfants minaudent.

À quoi reconnaît-on un monstre ? À rien. C'est un humain comme tous les autres. Un monsieur tout le monde. Il aime ce que nous aimons, il rit, il plaisante, il souffre comme tout le monde. Pourtant un Hitler inhumain, un Hitler génétiquement différent, un Hitler transgénique, un envoyé des infernaux palus, un mutant meurtrier, ce serait commode. On croiserait quelqu'un dans la rue qui ne vous revient pas, et l'on pourrait dire : « Tiens, c'est un hitlérien. » On serait rassuré : une fois mort, brûlé, carbonisé, électrocuté, vaporisé, ou toute autre fin qu'en général on réserve à ces monstres, l'extra-terrestre aurait rejoint le royaume des ombres d'où il ne saurait revenir. La mort d'Hitler en 1945 aurait débarrassé l'humanité d'un fléau.

Un doute demeure cependant : est-il bien mort ? Ne se serait-il pas réfugié aux Moluques ou dans les glaces polaires, comme le démon de Frankenstein ? C'est le fantasme habituel qui accompagne ces récits d'épouvante : le monstre est indestructible. N'est-ce pas Hitler lui-même qui avait bâti sa *Weltanschauung* sur ces sornettes ? On peut, écrivait-il dans *Mein Kampf*, quand on se promène dans les rues de Vienne, distinguer les monstres qui sont parmi nous. Il y a les bons, les Aryens, et puis il y a les *Aliens*, avec de drôles de barbes et de drôles de chapeaux, qui sont les races dégénérées.

Mais non, c'est un homme du commun, qui a les pensées, les goûts et les gestes tranquilles de M. Biedermann, un homme du XIXe siècle qui a pleuré à Vienne en écoutant Wagner, qui apprécie les nudités académiques…, qui a souffert dans sa chair les horreurs de la Première Guerre, puis les humiliations du Traité de Versailles, et a juré de se venger.

Eva, la plupart du temps, a saisi son amant de profil, le regard fixe et noir. Elle-même intervient parfois à l'image, filmée par une amie, cueillant des fleurs, chevauchant une bicyclette, riant avec ses compagnes. Il y a entre ces deux personnes, lui silhouette raidie, inquiétante et noire d'un homme de quarante-trois ans et elle, silhouette frêle et gracieuse d'une adolescente de dix-neuf, quelque chose de Faust et de Marguerite.

Idée incongrue ? Mais Hitler n'était pas Biedermann. Il faut entrer dans sa folie et apprécier sa démesure. Il est aussi celui qui, comme le personnage de Goethe, noue un pacte avec les puissances du Mal pour acquérir la jeunesse éternelle. Il prétend fonder un Reich millénaire ; il veut, avec les pouvoirs que lui offrent la science moderne et ses techniques, créer un être nouveau, pur et immortel. Son vrai but n'est pas, politique, de conquérir une terre, mais, biologique, de créer une race. Si ses maîtres ne sont pas à cet effet Méphistophélès ni les nécromants, mages, astronomes et astrologues que consultait son modèle cent ans auparavant, c'est cette nuée d'« initiés » du tournant du siècle qui ont nom Helena Blavatsky, Hanussen, Guido von List, Joerg Lenz, Horbiger, dont il parcourt les écrits fumeux et qui prétendent tous, nécromants eux aussi, connaître les secrets des races et des cosmologies primitives.

Cependant, l'Ordre Noir des surhommes, ces insectes éphémères aux élytres luisants, frappés au front de la tête de mort, pouvait-il se perpétuer ? Accomplir le projet de l'État national-socialiste, c'était obéir à la formule que Méphistophélès souffle à Faust : « Tout ce qui existe est digne d'être détruit, il serait donc mieux que rien n'existât... » C'est la formule du nihilisme.

Elle cependant, la *Gretchen*, s'occupe à tourner son rouet et à chanter la ballade du Roi de Thulé. Effacée, têtue, elle attend. Elle connaîtra le désespoir de Marguerite quand elle tentera, par deux fois, meurtrie par la solitude dans laquelle son amant la tient, de mettre fin à ses jours. Son seul idéal aura été de rester fidèle à l'homme qui l'avait élue, simple et naïve, et à ce titre, n'est-ce pas elle aussi qui sera « sauvée » ? Quelques minutes après le mariage célébré dans le bunker de Berlin et quelques heures avant la mort, elle dira au garde SS : « Vous pouvez désormais m'appeler *Frau* Hitler... »

Allemagne, année zéro

Passage à Leipzig. La ville, bombardée et rebâtie dans l'urgence après 1945, apparaît délicate, faite de faïence, de mosaïque et de porcelaine, modelée et cuite dans ce goût wilhelminien qui passa sans transition du Rococo à l'Art nouveau. Mais on découvre à la parcourir, bientôt consterné, un vase précieux brisé en mille morceaux, dont les tessons épars ont été rejointoyés à la hâte par des aplats lugubres de ce ciment gris chéri des régimes communistes.

Le respect des minuscules

Changements dans la langue. Il y a longtemps déjà que le français semble avoir renoncé à l'emploi des majuscules. Cette minoration frappe les humains comme elle frappe les institutions. On écrira « monsieur » Untel pour Monsieur, « musée Picasso » pour « Musée », « école des beaux-arts » pour « École des Beaux-Arts », etc. La pratique est désormais si commune que je me fais rappeler à l'ordre si je rétablis une majuscule dans un courrier administratif, et mes remarques ne sont pas prises en compte par le correcteur d'épreuves. La fureur égalisatrice des Français — pardon, des « français » — a atteint ce qui est le cœur même de l'identité d'un pays, sa langue. Minusculisation des êtres, des fonctions et des institutions ; on fauche ce qui dépasse, on décapite les capitales. Simplification de la langue, simplification de la typographie. On sanctionnera l'élève qui ose se distinguer. Dans *Le Roi se meurt*, Ionesco appelle cela drôlement « la folie des petitesses ».

Exemple contraire, on pourrait penser à la langue allemande, malgré les multiples tentatives de la réduire elle aussi : elle n'a jamais cessé de se hérisser de majuscules, comme ses vieilles villes universitaires, celles du moins qui existent encore, qui se hérissent de tours, de flèches et d'échauguettes. Disparue la graphie gothique, c'est le seul signe qui reste d'un pays fidèle à son interminable Moyen Âge, et dont l'an 1500 demeure l'année majuscule, la pointe indécapitable, lorsque culminèrent sa pensée et son art.

Cette langue tout aiguillonnée de pointes ne peut en effet qu'attirer à elle la foudre de l'esprit, alors que le français, tout aplati, croit désormais éviter les orages. Obstinément, l'allemand demeure fidèle, de Humboldt à Heidegger, à une langue obsédée par le *Sein* et par ses origines. Les frères Grimm, il est vrai, militaient pour les minuscules, mais ce sont des exceptions.

En attendant, le français batifole sur la nuance superficielle. Qui minusculise les substantifs ne croit pas à la substance. J'en voudrais pour preuve que, récemment, est apparu en français le phénomène qui consiste à déplacer la majuscule sur l'adjectif accolé au nom : « club Célibataire » là où l'on aurait écrit « Club célibataire », « musée National » pour « Musée national », « modernité Viennoise » pour « Modernité viennoise », etc. C'est accorder plus d'importance à l'attribut qu'à la substance, aux qualités transitoires qu'à l'être, aux chatoiements du phénomène qu'aux propriétés durables. Civilisation des apparences, tyrannie des surfaces.

Art engagé

Lu dans les Mémoires de Jean-Pierre Chevènement un passage hilarant sur la commémoration de Valmy, en septembre 1989. Il s'agissait, « dans un point de vue "gramscien", dit-il, de ressourcer l'institution militaire dans sa tradition républicaine et le peuple, dans un patriotisme de bon aloi… ».

Las, le Gramsci désigné pour célébrer ces noces de bon aloi fut Jack Lang « qui prit l'affaire en main » : « Entouré d'une équipe de plasticiens (*entendez : des artistes*)… il imagina avec Sarkis une promenade en douze stations, chacune symbolisant la résistance héroïque de tout un peuple. Je dus convoquer dans mon bureau le concepteur, qui aimait — me dit-il — se faire appeler "Captain Sarkis", pour lui signifier que, liberté de l'artiste ou pas, je ne le voyais pas décorer un vieux chêne d'une pancarte mentionnant “Diên Biên Phu” : il y a des limites ! Le général Schmitt, chef d’état-major des armées, y avait été fait prisonnier. Il pesait quarante kilos au sortir de sa captivité et je ne pouvais lui imposer de recevoir le général Giáp, que j’avais pourtant appris à connaître et à apprécier à l’occasion d’un voyage à Hanoï en 1982. En dehors de cette modeste censure, je laissai faire les artistes. Deux bœufs ouvraient la marche au Président, qui, ayant contemplé le paysage à travers les toiles rayées de Buren, assista à l’emballement des chevaux de Bartabas au pied du moulin de Valmy, contempla un ballet d’hélicoptères Alouette dotés de fumigènes multicolores par Ange Leccia, avant de prononcer un discours bien senti qui ne pouvait que contenter le ministre qui l’avait fait préparer. » (Pp.155-156.)

Le ridicule le dispute à l’ignoble. Sarkis, empruntant le nom dont il se pare au « Captain America » des BD new-yorkaises, Buren, Ange Leccia, artistes officiels, pompiers des avant-gardes, coureurs de commandes, habitués des antichambres de la rue de Valois et « plasticiens » médiocres, appelés pour célébrer Valmy et conchier l’armée d’Indochine… Pourquoi n’eût-on pas plutôt demandé à Buren, avec ses toiles rayées, de commémorer la libération des camps en avril 1945 ? À Sarkis, avec ses douze stations, un chemin de croix qui eût célébré les vertus laïques ? On comprend que le pauvre Chevènement, qui espérait sans doute quelque David contemporain, se soit senti perplexe et contraint à « une modeste censure » devant les exigences de ces énergumènes qui, aux yeux d'un Ministre de la Culture, représentaient pourtant le *nec plus ultra* de l'art français.

Toujours dans la rubrique du *Kulturkampf* : il est question, dit-on, dans un souci de « délocaliser » les collections nationales, de créer des « antennes » du Louvre à Arras, à Valenciennes ou à Lens, et de Beaubourg à Metz. Arras, Valenciennes et Metz étaient jusqu'alors dans l'histoire de la France des villes de frontière, de confins, de marches, voire de garnisons, comme Phalsbourg en Lorraine. La place forte est devenue musée d'« avant-garde ». Il n'y aura que les esprits chagrins dont je suis pour s'inquiéter de cet emploi inédit d'une vieille métaphore militaire.

Dévisager

Quel privilège s'attache à ceux qui nous sont proches pour sembler vieillir moins vite que les autres ? Arrêté par un détail, il m'arrive de dévisager quelqu'un. La personne est âgée, les traits fatigués, les lèvres flétries, avec des rides autour des yeux, et je tente de donner un âge à l'inconnue : soixante ans, plus ? Et puis l'évidence me poigne : cet âge, c'est celui de A. ou de X., qui me sont si connus et que je crois si jeunes. Se peut-il qu'au regard d'un étranger, ils apparaîtraient ainsi, et que je ne les aie pas vus vieillir ? Je le soupçonne et ne veux l'accepter. Ils ont cet âge et sans doute accusent-ils, comme on dit, cet âge. Pourtant, ils me semblent plus vifs, plus lisses, plus lumineux, comme si le souvenir que je garde d'eux était toujours celui du premier moment où je les ai connus. Leur visage de jadis s'est revêtu d'un voile protecteur, d'une crème régénératrice, d'une huile de jouvence qui les aura gardés pareils.

Au lieu de les dévisager et d'en décomposer les traits — comme on dit qu'un visage se décompose sous le coup d'une émotion, ou qu'il perd contenance — mon regard s'est déposé sur eux pour les recomposer, les retenir sous lui, comme un fard sur les portraits peints du Fayoum qui gardent l'apparence d'un temps depuis longtemps passé, ou comme une mince feuille d'or pareille à celle de ces masques qu'à Mycènes on posait sur la tête du défunt.

Ce masque d'or qu'est l'amour pour l'autre rachète la haine de soi qu'incarne si bien le masque d'or immuable de Dorian Gray, recouvrant l'horreur du néant.

Culte et culture

Ce Canadien de vingt-trente ans, à qui je faisais visiter Paris. C'était son premier voyage en Europe. Il arrivait du fond de l'Alberta. Je lui montrai Saint-Germain-des-Prés. C'est après tout l'une des plus anciennes églises de la ville. J'essayais de distinguer à ses yeux les diverses parties du monument, des plus anciennes aux plus récentes, la superposition des styles, la différence des modénatures, tout ce lent travail de sédimentation poursuivi à travers les âges. Il admirait, tentait de comprendre cette persévérance, s'inquiétait de cette obstination têtue. Puis on entra dans l'église. Surprise : elle était éclairée, des gens y circulaient, certains semblaient prier.

Il me demanda à quoi cette église pouvait servir. Mais déjà, la foudre l'avait frappé : dans une chapelle latérale, un homme, habillé en prêtre, levait les bras et murmurait. Je lui confirmai que c'était bien un service religieux. D'abord il ne voulut pas me croire, et c'est comme à regret qu'il dut admettre que ce bâtiment, loin d'être un musée, un monument, une curiosité inscrite dans les guides ou je ne sais quoi, était bien une église qui n'avait jamais cessé d'être un lieu de culte depuis huit ou neuf siècles. Sa surprise était celle de Delacroix débarquant à Tanger et remarquant, stupéfait, que les habitants étaient vêtus, *gélabia*, haïjck et turban, comme il y a deux mille ans ils l'étaient dans la Bible.

Je pus imaginer sa stupéfaction et presque son effroi lorsque me vint à l'esprit que j'eusse eu la même frayeur si, visitant un temple dans la vallée des Rois, j'y avais vu soudain, comme dans un film d'Hollywood, un prêtre égyptien y célébrer, en habit chatoyant et manipulant des instruments d'or, le service de Râ ou d'Amon.

Le culte de la culture et le culte des dieux sont inconciliables. J'avoue avoir toujours le cœur un peu serré quand je découvre dans une église qui n'a pas encore été désaffectée, au détour d'un transept, les derniers fidèles massés devant l'autel, cernés par les masses multicolores et grotesques des touristes qui commentent bruyamment des figures dont ils ne savent rien, pareils au dernier carré des Juifs à Massada après la destruction du Temple.

Pour mon ami canadien, l'arrivée du *Mayflower* sur les côtes du Maine était un événement si ancien dans l'histoire de son pays et si lointain sur la carte, qu'il était hors de son pouvoir d'imaginer qu'il y eût encore, derrière et au-delà, d'autres mesures de l'espace et du temps. Il avait réagi comme aujourd'hui ces députés européens qui veulent ne plus rien savoir d'un passé religieux de l'Europe et n'en conserver que ces formes vides qu'on appelle « culture ».

Cette ignorance de la longue durée a sa sanction. Il a suffi de soixante-quinze ans, trois courtes générations, pour que l'Empire communiste, que l'on croyait éternel et destiné à recouvrir le globe, disparaisse. La plus petite mise à distance — en ce cas le rappel par la Papauté que les dogmes qui le fondaient et proclamés absolus n'étaient que les hérésies passagères d'une histoire spirituelle qui durait depuis deux millénaires — suffit à corriger cette illusion de l'optique totalitaire. L'Histoire ancienne avait déjà repris son cours, lors même qu'on promenait encore à Moscou les effigies géantes des faux dieux.

Combien faudra-t-il de temps à l'Empire américain pour disparaître à son tour ?

L'instant décisif

La voix au téléphone, chaque fois que je l'entendais, était affectueuse, protestant de son amitié, s'enquérant de mon travail, s'inquiétant de mon état. Elle incitait à la confiance, réchauffait le cœur, rendait désagréable l'idée qu'il faudrait y mettre fin. Mais toujours hélas, alors que l'écouteur déjà s'éloignait de l'oreille et qu'on allait raccrocher, avec un recul imperceptible, le ton avait soudain changé, il s'était fait dur, distant, trahissant un quart de seconde trop tôt le but réel de son appel. Il n'avait en rien été dicté par l'amitié mais par un souci tout entier affairiste. Le plus étrange était que cette transformation à vue, comme un masque qui tombe, n'était pas occasionnelle mais qu'elle se répétait à chaque appel, révélant combien l'aimable correspondant était lui-même inconscient de jouer un jeu.

Hypnagogies

Un peu avant de m'endormir, ma tête déroule un espace vide où les êtres de chair qui ont animé ma journée ont disparu et ceux qui me visiteront en rêve ne sont pas encore arrivés. Je m'emploie à peupler ce *no man's land.* Ma pensée, fuyant la solitude, s'attache à un être dont je tente de me remémorer les gestes, les paroles, les expressions, les épisodes marquants de l'existence. J'essaie de retrouver son souvenir, de reconstituer l'aspect des moments que j'ai vécus avec lui, de le faire revenir tout entier dans ma tête.

Insensiblement, l'endormissement me prend dans ma quête. C'est le moment où, entre la veille et le sommeil, les frontières deviennent poreuses.

C'est aussi, dans l'année, ce moment du Carnaval quand les morts franchissent la frontière et viennent tranquillement se glisser parmi les vivants. Il arrive alors que le rêve qui vient, prolongeant sans discontinuité et couronnant sans effort mes essais, me fait rencontrer l'être disparu que je recherchais. Il s'est introduit dans mon rêve, non seulement reconstruit à partir des débris que j'avais recueillis avant de tomber dans le sommeil, mais encore plus vivant qu'autrefois. Cette fois, il parle sans que j'aie à rechercher ses paroles, il bouge sans que je fasse l'effort de me remémorer ses gestes, il improvise là où je restais coi. Sans poids, lumineux, il est là tout entier, doué d'une entière autonomie. Pinocchio sorti de l'ébauche et libéré de sa raideur de bois, il s'anime, souple, élastique et léger. La créature grossière que mon esprit à demi conscient avait esquissée s'est détachée de moi et, surgie du fond du sommeil, affirme superbement sa singularité, improvise et me surprend.

Chaque fois que la magie opère, elle est de l'ordre d'une résurrection, comme si les efforts pour le revoir en songe, grimoire ou Golem, eussent eu le pouvoir de rappeler l'être invoqué des ombres où il s'était perdu, et lui redonner vie.

Terreur du téléphone portable. Soudain, sur le corps, la petite machine grésille et vibre. On cherche à la saisir avant qu'elle n'éclate. On la porte à l'oreille et l'on entend alors, très loin, un bruit d'Enfer : des rumeurs sourdes, des borborygmes, des ronflements, des cris, des soupirs, des chuintements, des hurlements et, tout au fond, enfouie dans ce bruit, la voix étouffée d'un damné. Perdu dans le vacarme de la rue, égaré parmi la foule des coléreux et des violents, quel incontinent du premier cercle, dans la vallée de l'abîme ombreux, se risque à vous appeler à l'aide ? Un instant, entre deux mugissements et deux cataractes, l'écoute se fait faste — « Je te reçois cinq sur cinq » — mais la voix est frileuse et nue, privée d'échos et d'harmoniques. Puis on n'entend plus rien de ce qu'on vous demande, et on finit, furieux, par laisser le malheureux à sa géhenne.

Le téléphone, comme la mort, vous saisit quand on ne l'attend pas. Son appel subit est à l'homme aujourd'hui ce que la *mors repentina* fut à l'esprit religieux des temps passés : une menace sourde et incessante. Que faire ? Répondre, donner le change, feindre de ne pas entendre, vaquer comme si de rien n'était ? Mais le téléphone ni la mort ne sont civils : il agitera de nouveau sa cloche, lors même que vous êtes dans la posture la moins commode, voire la plus inconvenante, sans vous laisser le temps de préparer votre âme à ce qui l'attend. Vous aurez à répondre, la honte aux joues, pantalon bas et parole embarrassée.

Il n'y a que les très jeunes filles, dirait-on, pour ignorer ces affres. C'est peut-être en raison de leur innocence, de leur légèreté ou de leur grâce. Car c'est à leur attention, manifestement, que le téléphone portable a été inventé. Les hommes n'y ont recours que dans un but prosaïque. Avec eux, la conversation est d'un ordre pratique. L'objet n'est qu'un outil, qu'on plie après usage. Mais chez ces nouvelles demoiselles des Téléphones, le même objet mobile et grésillant est devenu un prolongement de leur chair, une part de leur physiologie, comme de voir avec les yeux ou de marcher avec les jambes. Jamais prothèse ne fut plus naturelle. Le combiné est entre leurs mains ce qu'était le miroir entre celles de la marâtre des contes : « Miroir, gentil miroir, dis-moi : quelle est la plus belle ? » Elles ne cesseront de le consulter, de l'interroger, de lui confier leur inquiétude. Par sa forme oblongue, commodément tenue dans les cinq doigts, il est devenu l'objet transitionnel, le doudou, l'objet *a*, le phallus manquant, le godemiché auriculaire, le dernier venu d'une longue suite d'instruments de jet qui débuta avec le silex poli.

Jadis le téléphone n'était pas seulement un moyen de communication, c'était un objet d'échange que l'on passait de main en main, en respectant des règles fixées depuis longtemps. Il ne vous appartenait pas, il ne se donnait à personne pour mieux se prêter à tous. Froid et luisant comme un reliquaire à baiser, il requérait qu'on allât jusqu'à lui, qu'on se mît dans la queue, à attendre, à ne pas protester, pour avoir enfin le droit d'accéder au combiné. L'écouteur gardait la chaleur d'une oreille étrangère, la poignée sentait la moiteur et le micro l'haleine d'un utilisateur précédent. Cet échange d'odeurs, d'humeurs et de microbes s'accompagnait en revanche d'une intransigeante intimité. Pas question d'écouter ce qui se disait là. La cabine de verre était à la laïque des PTT ce que le confessionnal avait été au religieux, et la pissotière publique aux nécessiteux.

On aurait dû savoir : la disparition progressive des isoloirs téléphoniques préparait la venue du portable et, avec lui, des pratiques et des mœurs inconcevables auparavant. Comme dans le sexe que l'on dit *safe*, l'échange ici se fait en toute sécurité — mais il se fait désormais aux yeux de tout le monde, et surtout aux oreilles. Chacun doit entendre et voir ce dont il s'agit, et qu'on exhibe avec orgueil.

Car le portable bien sûr, multicolore et chatoyant, autant qu'à la parole, est lié à la parade, tout comme l'ancien combiné noir l'était au secret qui, comme on sait, est la forme quotidienne du sacré. On ne prête pas son portable. Il est d'usage « privatif », comme le misérable coin de gazon dans la cour de l'immeuble, et le pauvre platane qui y pousse.

Plus de jeune fille solitaire à qui l'on pourrait d'aventure adresser la parole. Chacune est prise à soliloquer dans la rue ou dans l'autobus comme une folle de la Salpêtrière dont on s'écarte inquiet. Pareil au nimbe des saintes d'autrefois, un halo invisible d'ondes ultra-courtes protège l'intégrité de la malheureuse. Obstinée, le regard perdu, absente à ce qui l'entoure, elle tapote le clavier aux neuf chiffres, qui est comme le carré magique de la gravure de Dürer, pour y chercher à son tour le chiffre du salut. Le dos légèrement plié, la tête inclinée, la main gauche à la mâchoire pour y porter l'objet, c'est une allégorie de la Mélancolie qu'un peu inquiet, on croise au coin des rues.

Les menus soucis d'un quotidien morose et répétitif sont, à l'embouchure de l'appareil docile, confessés pour une n-ième fois, ou bien marmonnés dans la ritournelle : « O.K., ça marche, pas de problème, c'est *cool*... » Le bureau, les factures, la télé, les enfants, les courses, les mecs, les amours, les déceptions, toute une bibliothèque rose et bleue s'effeuille, sans pudeur, comme un arbre en automne.

« T'es où ? », « T'es où ? » La plainte ne cesse pas. Une té-oùlogie de l'Espace a remplacé la théologie du Temps. Quel génie du foyer, quelle Déesse de l'amour, quel Dieu du commerce répondront jamais à ces appels multipliés ? *Lamma, lamma sabacthani* : sur les toits alentour, les répétiteurs électroniques diffusent la réclamation. À défaut d'un empyrée, d'un panthéon, le désarroi du jour se livre à toute oreille anonyme et, mot à mot, se subtilise dans les hauteurs hertziennes. La solitude est pire que le grondement des infernaux palus des Télécom. Le salut n'est plus dans la fin des Temps, la transcendance d'une Révélation, l'Apocalypse, le Jugement dernier, la Résurrection des corps, les *ultima verba* et la vie éternelle, mais dans le dédale de ces journées toujours recommencées qu'elles appellent « la galère ».

Plus efficace que l'ancien fil du téléphone qui s'emmêlait toujours, celui invisible et souple du portable promet à chaque Ariane abandonnée de pouvoir à tout instant sortir du labyrinthe.

Incident

Spectacle désagréable du visage ricanant d'un Daniel Cohn-Bendit, au premier rang de l'hémicycle du Parlement de Strasbourg, quand il apprend la radiation du député européen qui avait osé, sans y trouver malice, invoquer sa foi. Ce dernier, piégé par ses confrères, restait debout, raide et interdit. On prit cela pour de la bêtise, l'embarras d'un homme un peu fruste. Et, déformant ses mots, la presse aussitôt s'empressa : un dévot, un cagot, un bedeau, un de ces personnages pittoresques, curés en noir et moinillons en sandales, que l'Italie conserve dans ses sites touristiques, animateurs bénévoles d'un patrimoine religieux en déshérence.

Qui pourtant d'entre ces journalistes savait que Rocco Buttiglione, puisque c'est de lui qu'il s'agit, est l'auteur d'une étude sur les débuts de l'École de Francfort et la crise de l'économie marxiste ? Et combien de ces députés si satisfaits d'eux-mêmes auraient été en mesure de l'écrire ?

Réchauffement de la planète

Les scientifiques qui étudient l'Arctique ont découvert que, dans des temps très éloignés, le pôle aujourd'hui recouvert par les glaces était le centre d'une région chaude et florissante, pullulant d'organismes, et qui, avec les millénaires, cacherait sous sa surface autant de poches pétrolifères. Mais cette Arcadie boréale, Jules Verne l'avait déjà imaginée. Au cœur du continent arctique, le Capitaine Hatteras découvre un pays peuplé de lièvres polaires, de ptarmigans sur leurs longues échasses, de rennes, et de cent autres espèces de la gent ailée ou cornue. Ces animaux ne sont pas effrayés par la présence du marin et de ses hommes qui se promènent émerveillés dans un paradis terrestre, conservé à l'abri de ses murailles de glace. Le réchauffement de la planète et la fonte des banquises donnent bien sûr à cette rêverie adamique des reflets d'apocalypse.

Ineffable

Il est étrange de ressentir combien la musique, Mozart surtout, semble toujours sur le point de confier quelque chose, et qu'au moment de se prononcer, elle se brise, se tait et se reprend. Ce qu'elle veut dire est au-delà du repos des mots et c'est dans cette tension que réside son inépuisable ravissement.

C'est ce que répète obstinément Orphée à Eurydice :

Und sollt' ich vor Gram vergehen
Werd' ich verschwiegen doch sein…

Dût-il m'en coûter la vie,
Non, je ne parlerai pas…

Ainsi du mythe d'Orphée, ainsi de la musique : confidence au-delà des mots, enchantement qu'un mot prononcé suffirait à briser.

Langage d'avant la langue, parole inaudible, confidence de l'*in-fans*, battement premier d'un oiseau qui n'arrive pas à se poser ou murmure incessant d'une émotion qui ne trouve jamais la pause d'une phrase et qui coule et coule encore. Il est comme le goût de ce qu'on a au bout de la langue, une montée douce-amère, le reflux d'une humeur venue du fond de la gorge et qui n'arrive pas à franchir la grille des sons articulés. Et cela continue jusqu'au sursaut final, quand un même silence engloutit les accords entendus et les mots qui n'auront pas été prononcés. C'est alors que l'on fond en larmes.

« Kathleen Ferrier, dit Jean-Loup Charvet dans un livre d'un grand enchantement, s'arrête de chanter un soir avant la fin du *Chant de la terre*, ne sachant plus que ce langage muet où le musicien s'étrangle. Mozart, chantant le rôle d'Idamante en fausset dans le quatuor d'*Idoménée*, est ému aux larmes, ne pouvant achever. Et dix ans plus tard, dirigeant une répétition de son *Requiem*, il fond en larmes et s'interrompt, précisément dans le *Lacrimosa.* »

Comme si au-delà de toute forme pure
Tremblât un autre chant et le seul absolu.

Le rêve, encore

Le rencontrant ce matin, j'éprouvais à sa vue une violente animosité, sans en saisir la cause. Étais-je la proie d'un accès de misanthropie qui se fixait sur lui ? Mais quelle était la querelle que je lui cherchais, lors même que je n'en voyais pas le départ ?

Il me fallut un grand effort pour découvrir que le différend n'était pas né d'un fait précis, mais qu'il n'avait eu lieu qu'en rêve. C'est la nuit dernière, plongé dans le sommeil, que je m'étais affronté à cet homme, et de façon si violente que, le jour levé, je continuerais à ruminer ma vengeance. Le rêve, comme un liquide insidieux, avait fui et débordé jusque dans la réalité, imprégnant de son fiel chaque aspect de mon existence diurne. Je demandais raison à un individu d'un affront qui n'avait jamais eu lieu que dans mes songes.

Jusqu'à quel point, à la lumière de cette expérience, sommes-nous manœuvrés, dans nos paroles et dans nos actes conscients, par des échanges et par des gestes qui n'ont jamais été tissés que de l'étoffe du rêve ? Ce monde où l'ombre est plus active et réactive que sa source est plus étrange encore que le monde freudien des songes où, somme toute, on ne fait jamais qu'expliquer les déplacements de l'ombre même, en fonction de son origine. Non pas : « Vous avez rêvé ceci à cause de cela » mais, plus inquiétant : « Vous avez agi ainsi à cause de ce rêve. »

Décentralisation

Nouvelle lubie d'un Pouvoir qui, n'étant plus guère un pouvoir, n'a plus idée qu'il est « central » : éparpiller, « décentraliser » tout et rien, disséminer par exemple les collections nationales aux quatre vents des frontières.

On est allé récemment plus loin encore, sur proposition d'un artiste « d'avant-garde » aux autorités du Centre Pompidou : apporter la bonne parole de l'art progressiste aux populations émigrées en déposant des originaux de Marcel Duchamp dans les ALGECO d'Aubervilliers.

Dans le même temps, le Conseiller à la Culture de Paris vient de proposer qu'on aille tous un soir danser devant les Rubens du Louvre.

Degas avait prévu ce délire : « Vous verrez, Vollard, qu'on en arrivera à faire sortir les Raphaël et les Rembrandt des musées pour les promener dans les casernes, dans les foires, dans les prisons, sous prétexte que tout le monde a droit à la beauté ! »

Les chats puissants et doux

Je ne sais où, peut-être dans les *Lettrines*, Julien Gracq parle de ce chat, dans sa bonne ville de Nantes qui, chaque jour, montait dans le tram, se promenait dans la ville et le soir revenait au logis par le même moyen. À Venise aussi, dans les années 70, tous les habitants du *sestiere* du Dorsoduro connaissaient ce chat noir qui, chaque matin, prenait le vaporetto à l'Accademia pour aller au Rialto traîner sous les étals de la Pescheria, puis revenait au *rio tera* de Sant'Agnese d'où il était originaire.

Il a disparu, et avec lui, morts de je ne sais quelle peste, les trente mille chats qui hantaient les *rii* et les *calle* de la cité des Doges. Un décret imbécile, à la fin des années 80, avait décidé leur extermination. Pierre R., amoureux des tableaux et des chats, avait, dans un article sensible, déploré cette disparition de la gent féline, sans laquelle Venise n'est plus dans Venise.

On ne prend pas assez garde au pouvoir de ces bêtes que les Égyptiens embaumaient avec piété et qui, entourées de bandelettes, seraient enterrées avec eux. À Venise plus qu'ailleurs, quand les rez-de-chaussée des palais sont de grands entrepôts où garder les denrées, le chat a toujours été la divinité protectrice qui garantissait la prospérité des citoyens. Pourchassé et exterminé, le chat a décidé, dans le secret de ses étincelles, de précipiter la ruine de la cité ingrate. L'année suivant celle où Venise avait déclaré la guerre aux chats, la Fenice flambait, puis le Palazzo Grassi fermait ses portes, le rythme des *acque alte* devenait inquiétant, et l'on dit aujourd'hui que l'exode des habitants est devenu tel que, dans moins de dix ans, la Sérénissime ne sera plus peuplée que de touristes.

On sourira. Pourtant, voyez : Rome, 1997, une loi locale a été votée qui assure la protection des chats qui y vivent en état de liberté. L'article 11 stipule qu'« il est interdit à quiconque de les maltraiter et de les déplacer de leur habitat ». Les chats sont donc devenus les Césars des Forums impériaux. À Rome, on compte désormais près de cinq mille colonies félines, chacune composée de cinq à six individus. Les *gattare* s'en occupent, sorcières bossues qui les nourrissent et qui les soignent. Depuis lors, bénie par les chats, Rome est sortie de sa torpeur et de sa misère pour devenir la ville la plus aimable d'Italie. On a restauré les vieux palais, recrépi l'Académie de France, rouvert la galerie Borghèse, le Palais Altemps et la maison de Mario Praz, aménagé la circulation, réduit la pollution, amélioré la qualité des plats dans les *osterie*.

On aime à y vivre. Chassés de Venise, les chats protègent aujourd'hui Rome.

La culture du Ministère (1)

En cette année où meurt mon ami Cartier-Bresson, le Ministre de la Culture, ignorant ce fait, a préféré, lors de la cérémonie des vœux, demander aux deux mille personnes présentes d'observer une minute de silence à la mémoire de Mlle X., secrétaire de ses services, partie se bronzer à Phuket, et trop tôt disparue, emportée par une lame. C'est sans doute ce qu'on appelle la « culture de proximité ».

Il y a peu d'années, lors d'une cérémonie semblable, un autre Ministre s'était inquiété que le Ministère de la Culture fût si peu à l'écoute, avait-il dit, de « la culture du Ministère ».

Entre-temps, l'écoute, à l'évidence, a grandi.

Adorer un seul Dieu, ne servir qu'un seul Prince. Or l'amour de la culture aussi est un monothéisme. À l'école, on appelait cet Universel la culture « générale ». Et l'on apprenait que le passage du polythéisme au monothéisme avait été décisif. La loi du Père contre la pullulation des idoles.

Que dire alors du chemin inverse ? Atomisée, pulvérisée, « éclatée », « explosée », la culture ne cesse de retomber en cotillons et confettis. On dit désormais « culture » pour dire la petite religion du local, le triomphe de la proximité, le goût du particulier, le denier du culte, le chatouillis idiosyncrasique, le jargon de la secte, le verlan des banlieues, l'*habitus* domestique, la manie du quidam, la dévotion du gri-gri, la prière aux lares, l'islamo-bouddhisme en six leçons, le port du pantalon effrangé, l'araignée dans le plafond, l'exotisme culinaire, l'apprentissage des patois disparus, le double anneau dans le nez, les sports de l'extrême, l'exhibition de l'*unicum* anatomique, la fièvre obsidionale, Proust en trois cents mots, le règlement d'entreprise, le grillon du foyer, la lecture pour illettrés, le musée pour aveugles, le vu à la télé, le Campus pour tous et le voyage aux îles...

Au nom de l'Autre, mais non d'autrui, la culture de proximité, non du prochain, avec son tutoiement obligatoire, soumet chacun, non sans hargne, à la singularité linguistique, à la particularité ethnique, à l'entomologie vestimentaire, à la tératologie physiologique, à l'idiotisme psychologique, à la marginalité comportementale, au vocabulaire inouï, aux syntaxes extravagantes, aux décibels d'enfer. À chacun sa culture, donc, collages saugrenus de débris, de vestiges, de fonds de pot ou de tiroir, mœurs de flibustiers pullulant autour d'un naufrage.

La culture du Ministère (2)

Au courrier ce matin, lettre circulaire du Ministère invitant les directeurs des Musées nationaux à « tout mettre en œuvre pour assurer le succès de la première *Nuit des Musées* ». Elle doit être, est-il précisé, « festive et conviviale » et sera l'occasion de « conquérir de nouveaux publics », « en particulier les jeunes et les publics qui ont d'ordinaire d'autres pratiques culturelles... ». Le thème en sera « *Lumière(s) dans la nuit* », avec « offre d'une découverte nocturne des collections » qui sera proposée avec « un accueil adapté et privilégié au nouveau public ».

Le ton, les images, les mots, le boniment utilisés dans ce courrier d'un Ministère ressemblent à la promotion d'une boîte de nuit ou d'un club pour fêtards, avec « pratiques culturelles autres »...

Grand solde avant liquidation générale. Car personne ne s'avise bien sûr qu'un tel respect du singulier, de l'idiotisme et des « pratiques culturelles autres », ici auréolées d'un parfum biblique de « Lumière(s) dans la nuit », est aussi la ruine de la communauté cultivée.

Le paradis

Pendant longtemps, sur le large trottoir qui borde la rue de la Perle, il y a eu, peinte en blanc par les enfants du quartier, une grande marelle, avec ses échelles numérotées qui permettaient d'escalader le ciel quatre à quatre à la sortie de l'école. Mais dans le demi-cercle qui la couronnait comme un soleil levant, au lieu du mot PARADIS avait été peint le mot MEUF, assez courant dans la langue désormais gutturalisée du quartier.

Hier, badigeonné par une voirie pudibonde, un grand rectangle de peinture noire et soigneusement délimité comme une pierre tombale est venu recouvrir ce jardin d'Allah, où dansent délicieusement les houris des musulmans fidèles.

Vanité

« Tout est vanité, hormis le carrosse », disait cet ami de Manzoni, à propos du véhicule qui lui permettait de le rejoindre. « Tout est vanité, sauf le dentiste », dirait-on aujourd'hui. Chaque fois que je suis tenté de maudire le progrès, je pense à mon prochain rendez-vous dans son cabinet.

Relisant *Les Beaux Quartiers*, j'ai mieux compris pourquoi Aragon, que j'avais tant aimé, a fini par m'être aussi peu supportable. Le ton suffisant, la faconde, le don des pirouettes verbales, toutes ces élégances trop françaises. Mais, surtout, cette façon à lui de revendiquer, comme un privilège, d'être le seul gardien de la classe ouvrière. On songe à Garance, répondant à Montray, qui lui demande qu'on l'aime : « Être aimé, mon ami ? Mais alors, les pauvres, qu'est-ce qui leur restera aux pauvres ? » De ce grand bourgeois à la parole aisée, à l'assurance naturelle, à la certitude affichée, au jugement si prompt, on finit par redouter, si quelqu'un venait à le contredire, le ton soudain qui deviendrait cassant.

La classe ouvrière, j'en sortais. L'humiliation d'être un enfant de pauvres, éprouvée chaque soir. En société, je resterais muet, j'avais mal aux mots, je n'ai jamais su parler. Après les fascinations de l'adolescence, j'ai refermé Aragon d'un coup.

À quinze ans je m'étais mis aussi à lire Céline, et je me souviens de la réflexion d'un professeur à qui j'en avais fait la confidence : « Comment, vous ? Vous lisez Céline ? » La remarque avait causé en moi une confusion énorme. Pourquoi pas moi ? Fils du peuple, que me fallait-il lire ? Maurice Thorez ?

Eugène Dabit ? Henri Barbusse ? Louis Guilloux ? Jean Guéhenno peut-être ?

Aragon, dans un style admirable, avait décrit ces beaux quartiers, à l'ouest, qu'il n'avait jamais quittés. C'était une tribune confortable et capitonnée du haut de laquelle prêcher au peuple qui s'écrasait à l'est, une chaire pour, chanoine vermeil et brillant de santé, le bénir. Il la retrouverait partout, rebâtie à son intention, à Aubervilliers comme à Moscou.

Céline, à l'autre bord, du fond de ses banlieues déglinguées, confessait sa misère et hurlait sa peine. Peine de classe inexpiable, insondable, inépuisable, en laquelle je me retrouvais mieux. Sans doute savait-il lui ce dont il parlait. Qui d'autre que lui avait su parler de « la haine qui vient du fond, qui vient de la jeunesse, perdue au boulot, sans défense » ? Et puis, en même temps, cette tendresse, cette pitié pudique, bravasse et juronnante du toubib de quartier, qui remplaçait la superbe bavarde du soi-disant « Paysan de Paris ». La vie des champs, ici, c'était les banlieues, la zone, tout ce qui restait des fortifs, là où Rousseau allait herboriser, du côté des Lilas et de Romainville.

Chez Céline aussi, pourtant, je soupçonnais la complaisance. Courbevoie, Clichy-la-Garenne et Bezons, les grosses chaussures qui blessent les pieds, les humiliations quotidiennes, la violence, les mots orduriers et les terrains vagues, les dispensaires où poireautaient des pauvres, plus pauvres encore de ne pas savoir dire ce qui les afflige, je savais ça par cœur. Mais Céline savait trop, disait trop, criait trop fort. Ce n'était pas non plus la façon de parler de la misère que j'avais connue, et qui resterait sobre. Et puis, cette manie d'aller chercher un bouc émissaire, et de vitupérer comme un dément…

La vérité, c'est que de la misère, on ne peut rien dire. Elle laisse sans voix. Il faut passer outre, se taire, faire comme si ça n'avait pas eu lieu. On revient de la misère comme on revient de la guerre, absent, mutique : ceux qui sont allés au front ou dans les camps ne parlent pas. Ou bien longtemps après, quand la douleur s'est dissipée, laisse-t-elle enfin passer, non ce qu'elle a été, mais le souvenir confus de ce qu'elle fut. C'est le moment où l'on ne se souvient même plus que l'on ne se souvient plus. Je n'ai jamais été tout à fait rassuré.

Extrémités dernières

Le *nec plus ultra* de l'artiste aujourd'hui, mettre en scène sa souffrance et, pourquoi pas ? sa mort.

Dans les années 70, déjà, un artiste du nom de Günter Saree, durant les trois mois qu'avait duré son agonie de cancéreux, s'était « exposé » dans la vitrine d'une galerie d'avant-garde. On a eu depuis bien d'autres exemples de ce comportement extrême. On peut désormais tout montrer, et tout vendre au public : les photos « documentant » ces actes sont sur le marché, d'accouplements avec des animaux, de rituels sado-masochistes, d'automutilations, et finalement de défécations et d'agonies.

L'art, s'étant engagé dans une course parallèle à celle dans laquelle s'est engagé le commerce érotique dans les années 70, on verra logiquement sous peu, dans une galerie ou dans une foire, la commission d'un meurtre, à l'image des *snuff movies* qui constituent pour l'instant le plus recherché de la production pornographique. Elle se fera au nom de la liberté imprescriptible du créateur. Et l'on trouvera des cliques pour applaudir, la voix cassée d'émotion, à ce geste suprême où s'accomplira le « post-humain », et dont des amateurs achèteront les reliques.

Il n'y a guère eu que les Rois à oser mettre en scène leur propre mort. Mais c'était alors, sans ombre d'obscénité, un rituel conforme à la doctrine du double corps de la royauté. Les Rois, les Dieux, et quelquefois le fils de ces derniers, qui se laisserait mettre en croix. L'artiste aujourd'hui, dénommé Artiste par des Majuscules qui le dépassent — les Ministères, les Musées, les Médias —, héritier d'un passé dont il ne sait plus rien mais qui se prend cependant pour un roi ou pour un dieu, au nom d'un Art dont il serait le Fils, se donne en sacrifice, croit-il, au troupeau des humains.

Sous d'autres cieux, en Inde par exemple, la gestion des excréments et le soin des cadavres sont confiés à la caste des parias. L'*habitus* d'un Occidental éclairé, au regard d'un Brahmane, est à cet égard celui d'un intouchable.

Hansel et Gretel

Multiplication des obèses dans les rues, des hommes et des femmes de trente, quarante ans, mais aussi des enfants. Énormes, boudinés, ces gamins ressemblent aux images de la gourmandise chez Bruegel, petits monstres enveloppés de chapelets de saucisses, brandissant des bretzels et des poissons gras.

La gloutonnerie, la *gastrimargia* de Cassien, la fureur du ventre, est devenue le péché mortel de ces dernières années. *Luxuria* l'avait précédée, dans les années qui avaient vu la légalisation du commerce pornographique.

À force de voir ces mutants se dandiner dans les rues, on finit par soupçonner qu'on est entré dans un monde nouveau. Moins pourtant le royaume de Gargantua que celui d'un Gulliver abordant le rivage inconnu du peuple des Yahoos.

Donc, on engraisse les enfants. Pour les nourrir. Ou pour les manger ? On les aime, bien sûr, mais de quel amour qui finit par les dévorer ? On protège leur « pureté » comme aucune époque ne l'a fait, mais on les fait participer aux jeux sexuels en famille et, le plus souvent, on l'a vu dans des procès récents, sous la direction de la mère. La pédophilie est poursuivie comme crime absolu — mais le tabou de l'inceste est levé. Les punitions corporelles utilisées depuis toujours pour mater l'animal ou la brute chez l'enfant de l'homme sont désormais proscrites. Mais les sévices sexuels se multiplient. Que comprendre ?

L'histoire est pleine de ces crimes. L'homme dévore l'homme et, si possible, l'adulte l'enfant. Les anciens mythes en font état : l'horrible histoire d'Atrée et de Thyeste… Abuser des enfants, les violer, les torturer, les tuer, les ingérer enfin. Gilles de Rais, Haarmann, « le boucher de Hanovre », « M. le Maudit », le Sergent Bertrand, Vacher l'Éventreur, ce sont des théories de monstres qu'ont peints, durant Weimar, Dix et Grosz, et qu'a filmés Fritz Lang.

Mais la sensibilité s'est aujourd'hui fixée sur l'enfant de façon singulière. La mise en examen précipitée de pauvres bougres livrés à Azazel comme les nouveaux boucs émissaires, traînés sous les caméras et soumis à la vindicte populacière, finit par trahir un autre malaise, plus profond que celui que l'on croit dissiper.

Ce souci obsédant de protéger l'enfant et ce qu'on croit l'innocence de son état, alors que cent ans de psychanalyse et de pédagogie, de Freud à Piaget, nous ont appris ce que chacun sait de lui — naturellement méchant et fort averti des choses du sexe —, semble dissimuler chez l'adulte un trouble autrement plus grave. Qu'est-ce qui fait de l'enfant le bien le plus précieux ? Prétendre sans arrêt vouloir le mettre « au cœur du système éducatif », alors que pèse un soupçon sur tout geste affectueux du maître, et que la mère elle-même sera aisément accusée, au nom de l'Œdipe — de trop aimer son fils ou sa fille —, c'est en fait une ségrégation. Ce n'est plus une é-ducation, c'est une mise à l'écart. Pour cacher obstinément ce dont on ne veut rien savoir ?

Qui se souvient de Gabrielle Russier, coupable d'avoir aimé un de ses élèves ? De quel « corps enseignant » venait-elle, qui se voulait si possessif ? Maman ou putain ?

Il est troublant de penser que la pédophilie a pris, dans la hiérarchie des peines, le rang qu'occupait au XIXe siècle le parricide : l'interdit majeur. Jugée à son tour le faîte de l'abomination, elle est le symétrique inversé du meurtre patriarcal, et comme lui autrefois, jugée d'une gravité exceptionnelle. L'affaire

Dutroux et le procès d'Outreau occupent dans les actualités la place qu'ont occupée, dans un autre temps, les cas de Pierre Rivière ou de Violette Nozières. Leur crime était pourtant courant : la mort du vieux, au fond des campagnes, n'était pas rare.

Freud, en inventant le complexe d'Œdipe, semble ne faire que recueillir le long héritage de cette histoire morale et pénale du meurtre du père, prétendant en tirer une loi du développement général de la psyché. Or, en 1913, quand il publie *Totem et Tabou*, cette histoire touche à sa fin ; elle a perdu de sa fascination et de son effroi, et bientôt n'aura plus cours lorsque la qualification même de « parricide » disparaîtra du code pénal, annonçant du même coup le moment où l'autorité du père serait disputée, sa présence auprès de sa progéniture déclarée superflue, et même l'héritage de son nom dénié à sa descendance. Le père, donc, privé de son *imago* comme privé de son nom… Une ombre désormais, cherchant à se faire oublier : Personne, *Niemand*, Nemo…

C'est en 1970 que la notion de « puissance paternelle » a été abolie du code civil. C'est en 1972 que la pornographie devient légale. C'est en 1975 que l'avortement est autorisé. La proximité de ces dates ne peut pas ne pas être interrogée. Bien plus que d'une crise des repères, comme disent les psychanalystes, c'est de la mort du père que nous souffrons. Disparition de la Loi. Et c'est un matriarcat, autrement plus puissant que la domination du Père, qui lui a succédé. Bachofen avait vu juste. Retour aux cultes des grandes Déesses mères, retour aux formes monstrueuses des divinités de l'Anatolie, réapparition des déesses des animaux, créatures adipeuses, pli sur pli, tas de graisse affalés sur les bancs des métros ou des aéroports, un marmot à leur côté, dont on soupçonne qu'elles feront, un jour ou l'autre, leur quatre-heures.

Car je ne peux m'empêcher de penser que pareil « progrès » des mœurs cache, sous son vernis de modernité, une face plus secrète, indicible, l'*innominata*, qui serait un retour au niveau archaïque de la pulsion sexuelle. Le stade du Petit Poucet. Et c'est moins la sécurité de l'enfant qu'on affirme que, tout au contraire, le Père ayant disparu, le besoin inavoué de tenir en respect l'appétit cannibale qu'il inspire à la mère. Ce souci obsessionnel de le protéger s'accompagne ainsi, chez les gens les plus frustes, de la visée inverse : le protéger, pour mieux l'ingérer. L'enfant, dans sa propre famille, tenu comme une propriété de nature animale, est un être sur lequel on aura tous les droits. Ce n'est plus le meurtre du vieux sous l'édredon qui marque aujourd'hui notre époque, c'est l'inceste en famille, sous la conduite de la mère.

Indice de cette ségrégation : parler des « jeunes » comme d'une classe sociale, permanente, et non d'une classe d'âge, transitoire. C'est les parquer là encore — comme on met à part l'animal qu'on engraisse. « Jeune », je me méfierais d'une telle sollicitude. Hansel et Gretel, avec des yeux plus gros que le ventre, en croquant dans la forêt la maison de pain d'épices aux fenêtres en sucre candi, composent l'image saisissante de la passion gloutonne que la mère leur inspire, ce corps béni d'où coulent le lait et le miel. Mais dans le conte, cette frénésie cannibale se paie d'un étonnant renversement de la *paideia*, lorsque c'est la mère qui se transforme, on le sait (le sait-on encore ?), en ogresse qui viendra à son tour croquer les deux marmots.

L'ogresse serait la forme ultime — ou primitive — née de cette longue tradition où la mère, et derrière elle, la grand-mère, la tante, les cousines, soumettent les filles à leur loi, bien plus féroce que l'autorité paternelle. C'est vrai de l'Islam où la mère inculque à l'enfant le principe de sujétion auquel elle a été elle-même soumise et, de génération en génération, transmet la malédiction d'être née fille. C'est vrai de la société occidentale, quand disparaît l'autorité du Père, et que la mère, la méchante mère tout entière et désormais, transmet semblable malédiction, non plus seulement à la simple lignée femelle, mais à toute la progéniture mâle et femelle. C'est se venger aussi, inconsciemment, du fait que n'ayant plus d'« homme » auprès d'elle, il lui faille s'ériger non seulement en castratrice mais aussi en homophage.

Et c'est bien le moment de cette inversion du processus culturel et de ce retour violent à la nature qu'on semble aujourd'hui vivre. Ce n'est plus l'enfant que l'on éduque pour guider ses pulsions anales, cannibales, orales, ou tout ce qu'on veut, vers un stade génital acceptable pour la société, c'est la mère, devenue la marâtre, la sorcière, qui, libérée de la présence du père, mais tout autant ne supportant pas son absence, retrouve la possibilité d'assouvir sa passion anthropophage. Les enfants ne sont à ce point attirés, recueillis, enfermés, protégés, nourris, que pour pouvoir demain offrir aux adultes la possession de leur chair grasse et blanche. Entourés de mille soins, de mille conseils et de mille soutiens — n'a-t-on pas entendu récemment, sur une radio, une assistante sociale en grève déplorer de n'être employée qu'à mi-temps au collège, ce qui lui interdisait d'être *toujours* disponible pour donner la pilule à « ses » jeunes, c'est-à-dire les prévenir de devenir mères ? —, ces éternels enfançons, survalorisés au nom de l'enfant unique, surprotégés au nom du principe de précaution, mais toujours sevrés des marques physiques d'une affection — d'amour tout simplement —, on les conditionne à la vie d'assistés, de bétail entretenu qu'ils connaîtront adultes, naviguant d'emplois précaires en CDD, et de petits boulots en RTT.

Les enfants ont toujours été aimés, corps et âme — car où passe la frontière ? —, plus tôt et bien au-delà de ce que notre morale supporte aujourd'hui. Les Lumières étaient intriguées par la remarquable relativité des mœurs selon les temps et selon les pays. Côté garçons, on découvrait que l'Antiquité favorisait les rapports qui liaient l'éraste et l'éroumène et qu'à Rome, sous l'Empire, c'est dès quatorze ans que se prenait la toge virile, interdisant au jeune homme d'habiter plus longtemps sous le toit des parents… Côté filles, quelle Reine d'Angleterre fut mariée à douze ans ? Quel âge avait Béatrice quand Dante la croise à Florence au coin du pont et qu'il n'oubliera plus, pour ne la retrouver qu'au seuil du Ciel de Dieu ? Quel âge avait Iseult ? Quel âge, Laure de Noves ? Comment imaginer que les plus beaux poèmes de Pétrarque, chantant la *giovinetta*, furent inspirés par une enfant ? Et quel âge encore l'autre Laure, à qui Mirabeau donna une éducation fort particulière, comme à Sophie et ses autres héroïnes ? Seize ans, c'est l'âge de l'adolescente que Shelley épousera. Au regard des poètes du *dolce stil nuovo* comme au regard des Lumières, nous passerions pour des gérontophiles. Quel âge avait Blanche-Neige quand elle commence d'inspirer, par sa beauté, « plus belle que la reine elle-même », une jalousie mortelle à sa marâtre ? Sept ans, dit le conte. Selon les Évangiles apocryphes, Marie n'a que douze ans lorsque Joseph la prend pour épouse.

Les modèles des artistes, dans les ateliers, n'avaient pas plus de treize à quatorze ans. Que de sottises n'ai-je à cet égard entendues à propos de Balthus et de son intérêt pour Thérèse Blanchard, la fille de la concierge, ou pour la toute jeune Setsuko dont il laissa des dessins fort libres ? Il faut attendre la Restauration, avec son goût de bénitier ranci, pour voir les modèles d'atelier devenir de vieilles femmes à la chair lourde et usée. Quel historien étudiera jamais ce phénomène de société qui fut aussi le début du déclin du nu en peinture ? Comment faire une académie d'un corps qui désormais n'est plus désirable ?

J'ai eu la chance de vivre dans un milieu populaire où l'on aimait tripoter les enfants, où la mère, l'oncle, la tante, la bisaïeule, le curé, le moniteur de colo, le maître et la maîtresse les prenaient en main, les embrassaient, les pelotaient, autant qu'à l'occasion ils les corrigeaient. Et j'ai plus tard aimé ces pays, en Méditerranée surtout, l'Italie, l'Espagne, où l'on touche celui qu'on aime, on le prend dans ses mains, on l'embrasse et on le tâte, comme saint Thomas la plaie du Christ pour vérifier la vérité charnelle de son dieu, et où l'enfant, le « jésus », est le petit roi élu, sous les applaudissements de la famille. Aucun soupçon de pédophilie n'a jamais pesé sur ces embrassades.

Entre-temps, la culture anglo-saxonne a envahi nos coutumes. Un simple regard à New York un peu trop appuyé sur une aimable passante risquera de vous faire accuser de harcèlement sexuel.

Le mythe d'Œdipe comme fondement de la vie en société ne peut se comprendre que dans une époque où l'enfant accédait vite aux responsabilités, et quittait tôt le nid familial. Pareille précocité menaçait l'autorité du patriarche et la tranquillité du mâle dominant. Dans une société où l'adulte vit désormais très vieux, la menace se dilue, s'éloigne ou demeure contenue, et le jeune, déclaré inoffensif et désarmé comme un agneau, peut aussi, traînant jusqu'à trente ans dans son incestueuse famille, longtemps être engraissé avant consommation. L'obésité spectaculaire des « jeunes » semble le signe narquois de ce gavage.

Plus ancien, plus durable et plus inquiétant que le mythe d'Œdipe, réapparaît alors, sous couvert de la protection des « jeunes », le mythe de Saturne qui dévorait comme on sait sa progéniture, avant de la recracher. Et plus archaïque encore que la figure du vieux Kronos, réapparaît, inattendue, la silhouette monstrueuse des déesses cannibales des toutes premières cultures.

Le tabou de l'inceste, comme on le découvre au procès d'Angers, où il semble que, dans le couple des Thénardier diaboliques, ce fut la femme à diriger l'affaire, n'a pas été levé en ce début du XXIe siècle. Il s'est déplacé sur la dévoration de l'objet d'amour. Il a régressé du stade génital au stade oral. Involution vertigineuse de l'homme dit moderne à l'anthropoïde anthropophage qui l'a précédé.

Beaucoup plus fort que la famille monoparentale est ce retour à la famille archaïque, dominée par la Mère, où non seulement l'on copulait entre soi, mais où l'on dévorait le moussaillon. « Tu es beau à croquer », les mots innocents que glissait la mère à son enfant et qu'au nom du politiquement correct on n'ose plus murmurer sont passés de la métaphore amoureuse à la désastreuse réalité. L'omophagie, disait Lévi-Strauss, est un inceste.

Les gisants

Je pense à ces couples de gisants qu'on voit parfois dans les églises, allongés l'un à côté de l'autre, les plis des vêtements soigneusement repassés, tuyautés, frisés, godronnés, gaufrés, les mains jointes, un oreiller brodé glissé sous la tête, le chien familier leur servant de repose-pied. Qui peut aujourd'hui espérer connaître un pareil repos ? Une telle amitié dans la mort ? Les gens vivent seuls, mourront seuls, seront déposés seuls dans la terre ou préféreront, face à la peur de pareille solitude, se faire incinérer, devenir poussière parmi les poussières, cendre perdue au vent, quand même l'Église requérait qu'il y eût un peu de chair, un front par exemple, pour déposer la poudre grise, l'honorer — car on honorait en effet la cendre —, et par là lui donner un sens.

La comtesse I. m'avait fait aimer le beau sarcophage d'Ilaria del Carretto, à Lucques. Elle ne manquait pas de m'emmener le voir, chaque fois. Turinoise par sa famille, napolitaine par sa naissance, elle était devenue lucquoise autant par goût que par obligation. Elle avait aussi la beauté, l'élégance de la belle Ilaria. Son père était Calvi di B., que Malaparte évoque en quelques lignes dans les premières pages de *Kaputt*. Ce n'est qu'une apparition fugitive, élégante, accompagnant un soir, après minuit, au Palm Beach de Monte-Carlo, la princesse du Piémont. Nous sommes au milieu des années 30, et une société aristocratique et raffinée vivait là ses derniers beaux jours, alors qu'on entendait dehors, déjà, le bruit des bottes. Ce monde discret et sobre d'une certaine société turinoise céderait bientôt la place aux uniformes voyants des salons romains de Galeazzo Ciano.

Après la mort de son père, pour tromper la solitude, la *contessa* s'accompagnait toujours d'un chien carlin dont les aboiements prévenaient de la venue. Elle s'avançait souriante, portant dans les bras le petit animal roux, et bouclé, qu'après sa propre mort elle ferait sculpter sans doute pour le glisser à son tour sous ses pieds. Et je ne peux pas croiser aujourd'hui dans la rue de ces femmes solitaires qui s'accompagnent de ces animaux de compagnie, sans repenser à I. et au gisant de la belle épouse de Paolo Guinigi, avec son chien, le museau tourné vers elle, guettant depuis des siècles le moindre geste de vie de sa maîtresse endormie.

Une ironie du sort, profondément tragique, voulut que cette femme, alors qu'elle montrait encore les marques éclatantes de sa beauté, fût atteinte d'une maladie qui, des doigts des mains et des pieds, remontant vers le corps, puis du tronc vers la tête, pétrifierait progressivement son corps, centimètre par centimètre, et la transformerait en gisante. Dans les derniers mois, après une interminable agonie, sa tête elle-même, qu'aucun torse souple et vivant ne supportait plus, serait, pour ne pas se briser au cou, enfermée dans un carcan de bois, rigide et froid, pareil à la collerette de marbre supportant le chef de la malheureuse Ilaria del Carretto.

À l'entrée de San Michele à Venise, il y a une plaque tombale consacrée à une autre *contessa*, Lucrezia de M., dont la maladie est décrite : *atroce incurabile morbo fortemente sofferto*. L'épitaphe, datée 1868, la décrit *spirito gentile, cuore puro affettuoso, mente sublime*. Des inscriptions très semblables se lisent sur les stèles funéraires du Céramique à Athènes. Une piété si persévérante à travers les siècles laisse songeur. On ne peut lire ces lignes que protégé par la solitude et par le silence. L'agitation et le bruit les rendraient immédiatement incompréhensibles. C'est pourquoi elles ont disparu des tombes contemporaines. Le mal qu'elles désignent est pourtant toujours là, mais nul ne semble plus vouloir le déplorer.

Un autre cas, étrange aussi, aura été celui du sculpteur P. B. Il avait sa vie durant travaillé sur le mouvement. Non le mouvement, mais le déplacement insensible, le glissement imperceptible d'un corps au bord de l'immobilité. Ses œuvres, faites de pièces en bois ou en métal, de forme géométrique, cubes, sphères, polyèdres platoniciens disposés sur des plans horizontaux ou inclinés et animés par de secrets mécanismes, bougeaient avec la lenteur exaspérante des astres dans le ciel et tenaient le spectateur devant un dilemme : s'agissait-il d'un corps animé qui se ralentissait ou bien d'un corps inerte qui s'efforçait de prendre vie ?

La dernière fois que je rencontrai P. B., fort affaibli, maigre et parlant avec les plus grandes difficultés, je m'aperçus, consterné, qu'il présentait les signes d'une maladie qui, peu à peu, ralentirait tous ses mouvements, jusqu'à en faire un corps inerte, d'où même la voix avait difficulté à sortir. Sculpteur, il avait rêvé, non comme Pygmalion de donner vie à la pierre, mais de donner un mouvement au métal. C'était à la fin sa propre chair qui se pétrifierait, l'enterrant dans un bloc inerte, comme en anglais son nom l'indique.

Anankè : quelle nécessité, quelle exigence, quel projet inscrit au plus profond de nous, les médecins diraient de nos gènes, comme une grille enfouie depuis la naissance, conduit en secret nos pensées et nos actes, jusqu'à finalement souder notre destin ?

Acronymes

Les ACMO

« Une réunion des chefs d'établissement est organisée par la DMF en vue de leur faire part des dernières informations concernant le chantier de mise en place de la LOLF et de leur indiquer le calendrier de travail de la DMF sur ce sujet.

« Plusieurs chantiers se dérouleront en parallèle : contrats de performance, élaboration des BOP, y compris l'indication chiffrée des indicateurs et des cibles, présentation des budgets JPE... »

... Un échantillon du courrier que je reçois.

Il faut comprendre DMF : Direction des Musées de France. LOLF : Loi Organique sur la Loi de Finances (la n-ième réforme du budget de l'État). BOP : Budget Opérationnel de Programmes. JPE (budgets) : Justifiés au Premier Euro.

L'utilisation d'un jargon — seul exemple de la langue où la majuscule, ailleurs bannie, est encouragée à se multiplier — est propre à la caste technocratique qui l'a inventé et qui ne l'utilise qu'à son propre usage. L'artifice permet de tenir à l'écart le profane, qui n'y entend rien. Son vocabulaire donne par ailleurs l'illusion d'une science là où, dans les budgets en particulier, il n'y a que flou et approximations. Qui utilise un jargon a le sentiment réconfortant de se distinguer par un savoir spécial de la masse générale et d'appartenir, en tant qu'initié, à une communauté. Le spécialiste qui élabore l'abréviation correspondante a une conscience aiguë de cet effet et lui attache une grande importance.

Autre échantillon :

« Les situations finales de fin d'année *(sic)* ne seront plus visées par le CFD. Conformément à la note DGCP-CD 3040 du 29 décembre 2003 les crédits délégués seront intégrés automatiquement via l'application Accord NDL (accord 1 *bis*) à compter du 1er avril 2004.

« Toutefois, pour les crédits déconcentrés nécessitant une requalification en crédits non déconcentrés (*concentrés ?*), l'ordonnateur doit saisir dans NDL les mouvements suivants : RDCR DCPEC et doit les transmettre au CFDD pour validation.

« La procédure de bordereau de crédit sans emploi (BDCR, BDCPEC et BDCP) ne doit plus être utilisée dans NDL… » Etc.

La prolifération du sigle est étonnante : plus le vocabulaire du citoyen moyen se rétrécit — trois à six cents mots désormais —, plus ces organismes monstrueux bourgeonnent : « Voter un budget en mode LOLF », « contacter les MH…, les SCN…, le C2RMF…, les DCE, les CAO… »

Le PSC, rencontré au détour d'une phrase, est le « Projet Scientifique et Culturel » de l'établissement dans lequel on travaille. La fréquence de ce sigle laisse supposer qu'un musée peut fonctionner sans « projet scientifique ni culturel ». C'est sans doute le cas : ce n'est plus guère qu'une simple machine folle tournant sur elle-même pour prolonger sa simple existence administrative. Oserais-je jamais dire que mon projet scientifique et culturel serait d'abord d'obliger le Ministère et ses représentants à ne plus dévaster la langue du pays qui les emploie ?

Car cet exemple d'un arraisonnement par la technique vient, non par hasard, d'un Ministère « de la Culture ». Il est vrai qu'en devenant celui « de la Communication », il se voit dans la nécessité, pour « communiquer », de rétrécir la langue et de la réduire à la simple production de signes, une émission de mots d'ordre en langage chiffré.

Plus étonnante, l'introduction de l'acronyme pour désigner des individus, des personnes ou des groupes. Ainsi ai-je appris par hasard que, faisant partie des « Personnes Responsables du Marché », j'étais un PRM.

Et puis un jour, dans un courrier, j'ai rencontré les ACMO. Un ACMO est un « Agent Chargé de la Mise en Œuvre ». Mise en œuvre ? De quoi ? On m'a expliqué que l'ACMO est un agent bénévole, désigné pour déceler les « dysfonctionnements » du service auquel il appartient, les signaler et éventuellement y porter remède sans passer par la voie hiérarchique... Il a sa place entre la mouche du coche et le contremaître. Ainsi : « À ce jour, le suivi des accidents de travail n'est pas suffisamment assuré.

Aussi le service médical de la DMF a établi une grille de renseignements que les ACMO devront remplir à l'occasion des accidents de travail. Ce projet de grille qui n'a pas vocation à (*« avoir vocation à », syntagme clef de la novlangue politique. Au plus haut niveau, ça donne : « Le projet du Ministère a vocation à... », « La Turquie n'a pas vocation à... », etc.*) se substituer à la déclaration sur formulaire CERFA n° 60-3863 adressée à la DAG a été présenté aux CHS de la DMF. Je vous saurais gré de bien vouloir permettre à l'ACMO de votre site (*« site », autre mot clef, venu du jargon de la Police et étendu à l'ensemble des lieux institutionnels : « intervenir sur site », « travailler sur site », « faire une visite sur site »...*) d'assurer ce suivi en lui dégageant le temps nécessaire et en lui fournissant toutes informations utiles... », etc.

Que des individus soient chargés de « mettre en œuvre » une communauté « ouvrière », pareil pléonasme laisse rêveur. Glisser un tiers dans l'automatisme qui va de l'ordre à son exécution fait imaginer un quotidien d'inertie, de pesanteur, de viscosité, un univers de plomb où coulent des rivières de poix. L'ACMO serait l'ange, le messager du pouvoir, l'Ariel dépêché vers le monde saturnien des administrations pour réveiller les endormis, bousculer les engourdis, piquer les indifférents, alléger, dégager, décoller, mobiliser, presser, démarrer... Dommage que Gulliver, dans ses nombreux voyages, n'ait jamais débarqué au pays des ACMO.

L'ACMO représente, plus sérieusement, le stade évolué de l'*instrumentum*. L'*instrumentum*, c'est l'appareil ou l'outil, l'instrument de travail, mais c'est aussi le moyen de transport, le moyen en général. Dans cette complexité croissante des organigrammes où se sont infiltrés, entre la décision et la mise en œuvre, des « assistants », des « techniciens de — », des « attachés à — », des « CDD » et des stagiaires, soit cinq à six emplois pour un office qui n'en requiert qu'un seul, l'ACMO est le petit dernier. Dans la disposition en couches des procédés de production modernes — l'*instruere* latin —, il est l'homme moyen, l'homme comme « moyen ». Il est aussi Sisyphe, accroissant de son poids la pesanteur d'une machine de plus en plus inamovible.

Le « personnel » et ses « bureaux du — » ont disparu, remplacés par les « ressources humaines ». Il y a belle lurette en effet que la notion de « personne », dont le « personnel » n'est qu'une variante, a été oubliée. Le débat autour de l'embryon et de sa nature juridique, entraînant ou non la qualification de meurtre, est un débat sur la « personne ». De l'embryon à l'âge actif, et de la retraite à la mort, la personne s'est dépersonnalisée : il n'y a jamais eu personne. Plus qu'un non-lieu, un non-être. Évanouis Homère et son Ulysse, congédié le bonhomme *Niemand*, refermé Jules Verne et son capitaine Nemo. La personne, personne ne veut plus s'en embarrasser. Les « ressources humaines », c'est la réserve zoologique, la biomasse, le fonds naturel dans quoi l'économie du tertiaire puise ce qui lui est nécessaire, comme l'âge industriel a puisé dans le charbon et le pétrole.

Mais un pas de plus semble avoir été franchi. « Mesdames et Messieurs les ACMO », puis-je lire dans un courrier : l'adresse trahit la civilisation orwellienne. L'Italie de Mussolini et l'Allemagne de Hitler multipliaient ces acronymes où l'individu disparaissait dans le sigle du corps dont il formait le tissu. L'acronyme est la forme atténuée du matricule, que l'on tatouera sur l'individu déviant. Victor Klemperer, étudiant la naissance et la diffusion de la Langue du IIIe Reich, rappelle l'origine de ces abréviations comme *Blubo*, appliquée à la doctrine raciale du *Blut und Boden*, « du sang et du sol », ou de l'interjection quotidiennement utilisée, « *Knif !* », pour « *Kommt Nicht In Frage* », « pas question ! », en attendant les PIMPF et les BML de la HJ (les membres de la *Hitler Jugend*) ou de la DAF, et plus tard les SA et leur HG…

L'abréviation s'impose partout où l'on technicise et où l'on organise. Elle a sa nécessité dans un monde soumis à la rationalité et à la vitesse d'exécution, qui dépend du fonctionnement du langage informatique.

On sera tenté de penser qu'elle est une mnémotechnique qui prolongerait dans le monde d'aujourd'hui ce que fut l'art de la mémoire à la Renaissance. Mais elle en est l'exact opposé. Le type de mémorisation artificielle qui unissait la *memoria rerum* à la *memoria verborum* permettait une perception, « solide » disait déjà Cicéron, des choses et des mots : le mot étant plus abstrait que la chose, on lui donnait un contenu imagé, concret, sensible, qui, facilement, revenait en mémoire. C'est encore ce que spontanément on fait aujourd'hui, lorsque pour se rappeler un code d'accès, on l'associe à un événement historique : 18143340, la suite de ces chiffres, difficile à mémoriser, revient aisément à l'esprit si les deux premiers groupes sont associés à la Première Guerre et les deux derniers à la Seconde. Mais le sigle et l'acronyme procèdent tout à l'inverse qui, au lieu de convoquer dans la mémoire l'image vive d'un individu ou d'un fait, de faire descendre la chair dans le souffle, arrachent celle-ci du corps auquel elle appartient, et dissolvent la réalité physique dans le chiffre abstrait. Le Théâtre de mémoire fut sans doute l'exemple le plus remarquable d'une très haute culture. L'usage généralisé de l'acronyme marque au contraire une époque de grande décadence. C'est la tyrannie de Chronos contre Mnémosyne, l'*alma memoria*.

En tant qu'il développe à l'infini son système de messages et de signalisations formelles, le *terminus technicus* est l'agression la plus violente et la plus dangereuse qu'on ait commise contre la langue. La petite criminalité d'État commence quand il ne respecte plus la langue dont il a la charge.

Quel rapport dira-t-on entre ces circulaires grossières et les méfaits de la technique moderne ? Le glissement est insensible. Les propos d'un grand Directeur de Musée, tels que les rapporte une gazette, ne sont plus différents désormais des propos d'un grand patron d'industrie. La finalité propre de leur mission, la *causa finalis* — ici conserver un patrimoine et là produire des choses —, disparaît dans l'horizon brouillé d'un « projet » sans fin. Et ce projet illimité, fût-il « Scientifique et Culturel », un « PSC », n'est jamais qu'assurer la possession et la domination de ses semblables, augmenter le public et accroître les recettes. C'est une *sommation*, au double sens du terme, ici intimée par l'instrumentation d'un patrimoine et là par la commission de machines et de techniciens.

Les hommes qui ont permis aux régimes totalitaires de fonctionner n'étaient pas différents de ceux qu'on rencontre partout dans les bureaux de l'État, qu'on croise à la sortie des conseils d'administration ou des locaux d'un ministère. Gentils, indifférents, ignorants de tout PSC, ils accomplissent leur tâche avec abnégation, car ils ne savent pas ce qu'ils font. Sigles et acronymes sont les outils qui leur permettent de parvenir à ce niveau d'abstraction où les personnes, avec leur poids de chair, n'existent plus. Pareille volatilisation du *principium individuationis* permet tous les mots d'ordre, y compris les plus meurtriers. « Les chaînes de l'humanité torturée, disait Kafka, sont en papier de ministère. »

Achevons sur une perle de « culture du Ministère », cueillie dans l'huître fermée d'un bureau et portant sur la notation des agents :

« Anticipant une modification du décret du…, qui régit la notation et l'avancement des fonctionnaires, la circulaire du… a pour objectif principal d'impulser (*sic*) une amélioration en profondeur (*sic*) des relations hiérarchiques au sein du ministère, tout en rendant possible une meilleure liaison entre note chiffrée et avancements accélérés des agents titulaires.

« De ce second point de vue, la rénovation de la notation passe par une limitation raisonnée des augmentations annuelles. L'augmentation de la note chiffrée d'une année sur l'autre entre 0,25 et 0,50 point est limitée à des cas exceptionnels correspondant à une charge ou des actions particulières menées au cours de l'année.

« Cette restriction n'autorise pas la reconduction, 2 années de suite, d'une augmentation de 0,50 point et ne justifie pas une proportion trop importante d'agents bénéficiant d'une telle augmentation. Le débat est ouvert cependant sur cette proportion et surtout sur les motifs retenus par les notateurs pour justifier une augmentation de 0,30, 0,40 ou 0,50 point.

« En effet, la circulaire (§ A 1) ne fixe ni proportions ni critère précis pour de telles augmentations. »

LATA

Lu dans *Libération* un article sur le SAMU, révélant que les équipes d'intervention d'urgence sont de plus en plus confrontées à des décisions d'euthanasie passive. Le terme technique utilisé pour désigner cette dernière, au nom trop manifestement chargé d'émotion, est LATA, « Limitation ou Arrêt de Traitement ». Parmi les diverses raisons invoquées pour justifier cette décision « passive », il y a l'opinion, dans 76 % des cas, que le pronostic vital est « mauvais en termes de qualité de vie ». J'ignore si les secouristes ont conscience que c'était, au mot près, les termes utilisés par les Nazis pour justifier l'euthanasie de certains malades, enfants mal formés, malades mentaux, vieillards : *Vernichtung lebensunwerten Lebens*, l'anéantissement des vies qui ne valent pas d'être vécues.

J'ai aussi appris hier que, sur décision d'un juge, une jeune femme plongée dans un coma apparemment irréversible, avait été « débranchée ». La presse paraît user désormais de ce registre des produits électroménagers de manière transitive, « débrancher quelqu'un » et non pas débrancher la machine qui nourrit la personne. La raison en serait qu'elle n'aurait plus qu'une vie « végétative ». Pourtant, à la télévision, on voyait clairement ses yeux ciller quand quelqu'un venait lui caresser le front. Et je n'ai jamais vu un légume réagir à mon contact, pas même une sensitive. Pas plus que la table, en sens inverse, ne « touche » le mur contre lequel elle est placée.

Jour après jour, sournoisement, sans que personne y trouve à redire, et parce que la vie a perdu son sens, l'euthanasie et son compagnon l'eugénisme frayent leur voie, sans coup férir, sans guerre déclarer, et sans camp à ouvrir.

MoMA

Inauguration du nouveau Musée d'Art moderne de New York. Chacun de s'extasier sur les hauts murs blancs, les lignes franches, les volumes décisifs, qui consacrent le triomphe du puritanisme visuel. Alfred Barr, son fondateur, avait voulu faire de ce musée le lieu ouvert à tous de l'*enlightenment*, dans le droit fil d'une morale américaine où l'art est d'abord l'instrument d'une éducation populaire. Mais le prix d'entrée a été porté à une hauteur qui en interdira l'accès aux gens modestes. Barr avait aussi été celui qui considérait l'art français comme essentiel à la naissance de la modernité. C'est lui qui avait déniché *La Rue* de Balthus chez Pierre Loeb, et l'avait aussitôt acquise et accrochée. Mais ici, dans la nouvelle histoire, c'est la peinture française dans son ensemble, et non seulement *La Rue*, qui a disparu des cimaises. L'art moderne, « historique », c'est l'Amérique. De Paris, point. Personne dans la presse ne semble s'être avisé de ces deux changements, qui signent pourtant la seconde mort du fondateur du MoMA. Et, incidemment, notre effacement.

PRINTEMPS

Printemps

Comme l'an dernier, en ce début de printemps frileux, la pigeonne est revenue sur le balcon, fouillant du bec dans le grand pot de brique où elle avait l'an dernier pondu deux œufs. Je me suis dépêché de remplir le vase de terre, pour qu'elle puisse y nicher à l'aise. Elle est là maintenant avec le mâle et tous deux ont entamé un étrange rituel, tournant autour du futur nid et tournant sur eux-mêmes, s'étourdissant comme des derviches, en roucoulant sans fin.

Panoptique

Jeu de Paume, exposition d'un certain Moulène, photographies frontales d'une quinzaine de femmes, dans la même position, nues et accroupies, les cuisses écartées, le pubis glabre, portes du corps ouvertes à deux battants. « De ce point focal », est-il écrit dans le style inimitable du prospectus de présentation, « dont la force d'attraction et/ou de répulsion n'échappera à personne, gravite un corpus d'images disséminées à la manière d'un archipel qui lui font écho »...

Laissons les échos des archipels et les gravitations des corps. Mettre sur un même plan le visage et les organes, c'est faire fi de l'antique opposition qui fascinait les Latins : *aut vultus, aut vulva.* C'est vouloir voir en vision frontale et simultanée ce qu'on nous a appris à distinguer.

La gynécologie confrontée à la phrénologie. Tracer un tableau des *pudenda* comme il y a des chartes des visages ? Dresser une échelle morphologique, établir une classification, dérouler une séquence des sexes féminins comme Bertillon le fit des oreilles des délinquants, les disposer selon quelque vertu spécifique comme Mendeleïev le fit des éléments ? Comment donner forme à l'informe et rendre visibles ces choses cachées sous le vêtement, comment les décrire avec la même précision qu'on étudie, qu'on dessine et qu'on mesure ce qu'un visage offre à la vue ? Voir à la fois ce que l'on montre, et même ce que l'on montre en permanence, le visage, et ce qu'on ne montre pas, ce qu'on cache, les parties « honteuses ».

La tête est la partie émergée de l'iceberg nommé corps. Mais le visage voilé est aussi un indice. Le petit conte oriental et délicieux de la jeune fille à la fontaine, le visage découvert et qui, à l'approche d'un homme, saisie de honte, relève sa tunique pour se couvrir et, du coup, découvre le bas de son corps.

Face au sexe de la femme, je professais l'incrédulité de saint Thomas : j'aurais voulu enfoncer mon doigt dans la fente.

À défaut, je feuilletais, fébrile, ces ouvrages scientifiques ou qui se voulaient tels, comme *L'Anatomie morphologique de la femme* d'un certain F. Jayle, Chef de clinique de gynécologie à l'hôpital Broca, dont les dates de publication, curieusement, s'étalent du 1er Vendémiaire de l'An CXXVII au 23 septembre 1918... Existait-il autant de sexes qu'il existait de multiplicité de visages ? J'y découvrais, perplexe, les « hymens membraniformes aux orifices parfois franchissables et parfois infranchissables », les « hymens à collerettes », et autres merveilles. Au vieil adage *Tota mulier in utero*, le savant professeur proposait de substituer un *Tota mulier in ovario*. Toute, vraiment ?

En fait, l'exposition, malgré sa sottise, permet de vérifier ce qu'on savait déjà : un visage ne dit rien du sexe de son possesseur. Il ne promet rien. Le plus souvent il trompe. On découvre ici des visages d'une beauté certaine haussés sur un corps où le sexe est quelconque. Et des sexes d'une grande beauté qui accompagnent des visages grossiers. On dirait avoir devant les yeux ces jeux enfantins où des languettes de papier, superposées, dessinent un corps en trois parties, que l'on peut mêler au hasard, et qui permettent des combinaisons cocasses ou incongrues.

Un indice serait le poil. Une même toison couvre la tête et orne le sexe. Une chevelure volubile promet sa pareille au creux des cuisses. Mais ici, comme un fait exprès, les sexes ont été rasés : visage et vulve s'exhibent dans leur nudité clinique. Les deux parties s'annulent en échangeant leur propriété : le visage est animalisé, sans pour autant que le sexe soit spiritualisé.

Le monde capital et le monde génital semblent graviter dans des univers différents, et ne se rencontrer jamais. Le regard se pose sur l'une ou l'autre vue, mais ne réussit pas à les recomposer, comme le ferait une stéréoscopie qui permet de fondre en relief deux images différentes.

Il faut un geste pour établir le contact. Il faut un messager, un intermédiaire, un ambassadeur pour lier ces deux parties du corps. Klimt, dans certains de ses plus beaux dessins, réussit ce miracle de diplomatie. La femme, les yeux fermés, porte la main à son sexe, étend un doigt et doucement caresse la fente. Le visage alors semble se recouvrir d'une joie étonnante. Un même désir circule, du regard au toucher.

De cela, bien sûr, de ce transport et de cette félicité, de cet accord subtil du haut et du bas, il n'est jamais question dans cette exposition inhumaine.

Lucian Freud, dans les tableaux des dernières années, a peint une femme, accroupie au creux d'un fauteuil, ouverte, les lèvres du sexe accordées aux sillons du cou et aux plis du menton, comme la toison est accordée aux cheveux. Haut et bas appartiennent au même monde, nés de la modulation d'un même corps, enlevée, sublimée, confondue dans la matière superbe de la peinture. Mais c'est qu'il est aussi le seul peintre que je connaisse, pareil à un lord habitué à vivre dans les chenils et les écuries, à aimer peindre des animaux mêlés à des humains : ce sont des corps d'hommes ou de femmes, nus, couchés, vautrés tout du long avec des animaux, des chiens, des lévriers, des dogues. Les hommes et les bêtes ne font qu'un, et il peint les uns et les autres avec la même attention portée aux pelages, aux carnations, à la peau luisante de l'animal et à la texture de la chair de l'homme. Animalité et humanité se confondent comme en un jardin d'Éden où Adam et Ève se glissaient parmi les bêtes. Rubens aussi avait exalté cette amitié du pelage animal et de la peau humaine, déroulant sous l'œil un seul et même tissu. Il s'agit toujours du même règne, le monde des animés, où l'animal reprend sa qualité première, d'être d'abord pourvu d'une âme, exhalant un souffle chaud et humide, et que la peinture a réussi à capturer dans ses pigments, ses huiles et ses seccatifs, comme un piège à poussières, poussières que sont ces petits grains de cendre dont le visage autant que le sexe sont faits, disait-on jadis.

Le sporran

À la fin des années 50, adolescent, je me plongeais dans Henry Miller, difficile encore à trouver. Je me souviens qu'il se faisait de la femme l'image d'un corps toisonné, dru, dense comme un fouillis végétal, giboyeux bosquet, forêt dans laquelle il fallait doucement entrer avant de saisir l'animal qui palpitait au fond.

Me revient un terme qui m'avait confondu et qui n'était pas dans le dictionnaire : un sporran. « Un épais sporran, précisait-il, qui recouvrait le ventre et lui montait jusqu'au nombril. » Le mystère de sa signification ajoutait à l'interdit de ce qu'il désignait. Un tapis, quelque chose de meuble, d'élastique, de spongieux, une bruyère teintée de rousseurs et de champignons, comme le suggérait la sonorité du mot « spore ». Le fait est qu'il aimait les rousses, par nostalgie de l'Irlande, ou bien parce que, chasseur, il appréciait l'odeur et le parfum des rousses à la peau blanche, comme un amateur de champignons le parfum poivré des roussoles.

Formé à cette économie primitive de cueillette et

de chasse, je n'ai guère aimé l'économie de marché qui s'est développée à partir des années 90, imposant un vagin calibré et un pubis homologué, taillé ras sur un corps sans secret ni odeur, comme la peau rase et rose d'un animal d'appartement.

Pourquoi cette manie de tout raser, cette furie anti-*physis* ? Ignominie des femmes que l'on tondait à la Libération. Pourquoi les rasait-on ? *Diminutio capitis ?* C'est d'ailleurs immédiatement après, d'un même mouvement, au début des années 50, qu'on a rasé le Bocage, tondu les haies l'une après l'autre, arraché mûriers et têtards, détruit nids et terriers, arasé les talus, comblé les fossés. Hommage naïf des petits paysans aux grands Américains qui avaient, pour la première fois, en juillet 44, défloré ces taillis et ces chemins creux quasi impénétrables du pays chouan ? Tentation de copier les vainqueurs qui apportaient la mode de la nuque rasée en même temps que l'efficacité technique du matériel ? Volonté de parachever en campagne les effets des bombardements sur les villes ? Gracq, dans ses *Lettrines*, a écrit des pages amères sur cette destruction. Il voit les bâtiments des fermes, autrefois invisibles même à très courte distance, « acagnardés séculairement dans l'encoignure des haies » comme des maisons nourries à l'ombre et qui semblent cligner encore de tous leurs volets dans le grand jour. Il les compare, avec une grande intuition de la nature sexuelle de la violence faite à la terre, à des femmes effarouchées et peureuses, qui marchent nues pour la première fois sous un regard. Les femmes tondues participaient de cette honte.

Tout laisser voir car il n'y a rien à cacher. Mentalité protestante des vitrines des bordels d'Amsterdam, renforcée d'un projet progressiste de Panoptique à la Bentham. Mentalité aussi de militaire, qui doit tout voir, même au cœur de la nuit. Chacun sous le regard de tous. Tout voir en même temps. Murs de verre. Façades de verre. Projecteurs. Ambiance de laboratoire où l'on scrute l'animalcule humain au plus profond. Champ opératoire. Plus de poils, plus de voile, plus d'intimité. La prison de verre, indéfiniment élargie à la société tout entière.

Pourquoi avoir supprimé cette ombre au creux des flancs, ce bouclage Art nouveau qui décorait l'entrée de la caverne ; soufflé la fumée qui montait du feu central ; gommé ce griffonnage des crins, ce graphite obscur où le doigt s'emmêlait ; et pour finir, rasé ce feutre, ce filtre où l'œil se prenait pour, comme dit si joliment le langage populaire, s'y « rincer », car certains visages et certains secrets du corps féminin donnent l'impression de laver, de purifier les yeux qui les regardent ?

Pourquoi avoir fait de Marie Madeleine, toisonnée ou touffue comme une femme sauvage, un enfant Jésus au corps lisse ? Cette passion d'un corps impubère, comme un corps de petite fille, a des relents de pédophilie — ou bien de peur inconsciente de la femme. Monde désexualisé, lors même qu'il se prétend, mieux que tout autre, libéré.

Freud a écrit quelque part que feutrage et tissage, qui ont permis le développement du vêtement chez l'*homo faber* et le passage à la civilisation, étaient nés de l'observation du système pileux qui protège les parties génitales, devenues, chez l'animal vertical qu'est l'homme, trop apparentes et trop vulnérables. Encore un peu d'effort, et l'on marchera, de nouveau, à quatre pattes.

Deux peintres au fond, en ce XXe siècle, ont figuré les deux directions inverses de ce regard pesant sur le sexe. Gustav Klimt dans ses dessins a imprimé au corps féminin les sinuosités mêmes de l'organe qu'il cache, en révélant à grandeur les courbes secrètes, les convulsions et les circonvolutions des lèvres, tandis que le tracé fin, échevelé, emmêlé de son crayon en traduisait à merveille le fouillis toisonné. Picasso quant à lui, dans sa maturité, a fini par trancher au vif, découpant avec la précision du chirurgien ou du boucher, et sous la lumière crue d'un scialytique, dégageant la plaie pour préparer le champ opératoire. Ne convient-il pas dans un monde moderne et efficace de se débarrasser une fois pour toutes de ce qui a trop longtemps soumis les hommes à l'interdit ? La métaphore est toujours de trop. Allez au fait, jeune homme, ne rêvez pas, foutez. Plus besoin d'être le Prince et de débroussailler pour réveiller la Belle.

En arasant cette éminence, on allait imposer silence au débordement sans fin des mots qui s'était fait autour de ce puits d'ombre. Au long des siècles, les comparaisons s'étaient pressées pour tenter de définir sa nature, sans jamais épuiser son sens, ni se saisir de ce qui le rend fascinant. Cela, mis bout à bout, ressemble à des prières ou à des injures qu'on adresserait à l'objet de sa dévotion : Puits d'amour, Chambre défendue, Café des deux colonnes, Champ de Vénus, Trou chéri, Vigne du Seigneur — sans parler des jurons crapuleux qui tentent d'en cacher la grandeur ou d'en conjurer la menace : Moule à p…, Garage à b…, Sac à f…

Cette étonnante montée verbale ininterrompue à travers les siècles, cette logorrhée, ce flux continu, cette éjaculation (selon Littré, « certaines prières courtes et ferventes qui se prononcent à quelqu'un, comme si elles se jetaient vers le ciel »), est pareille au fond, alors qu'elle en est la réplique blasphématoire mais aussi parce qu'elle en attend un égal réconfort, aux litanies de la Vierge dans les piétés anciennes : Étoile de la mer, Rose Mystique, Tour de David, Porte du Ciel, Étoile du Matin, Consolation des malades, Cause de notre joie…

Météo

Ce soir, grand orage au-dessus de Paris. Éclats de feux d'artifice, roulements de tonnerre, chuintements et fracas de batteries et de cuivres, et puis, dans le silence soudain revenu et comme pour applaudir à la beauté du spectacle, le crépitement précipité de la pluie.

Printemps (2)

La pigeonne a pondu non deux œufs, mais un œuf magnifique, très gros, d'un jaune pâle et translucide, un œuf d'albâtre. Toute la journée elle le couve, n'attendant dirait-on qu'un moment de soleil et de chaleur pour le quitter, le temps, j'imagine, d'aller manger.

Auschwitz

La première mention d'Auschwitz dans la littérature du siècle dernier se rencontre dans les journaux de Stefan Zweig, à la date du 15 juillet 1915. En route vers la Galicie, il remarque un officier prussien qui vitupère avec une morgue incroyable le personnel de la gare parce qu'on lui a indiqué le mauvais train. « Mais deux heures plus tard, à Auschwitz, un groupe de soldats allemands attend d'être embarqué. Admirablement équipés, fourbis, au garde-à-vous comme sur un champ de manœuvres, on perçoit avec admiration l'avers de cette morgue… Admiration que l'on ressent doublement parce qu'ici, nous sommes à un kilomètre de la frontière — l'univers allemand pénètre dans l'univers polonais. Crasseuses, pieds nus, les femmes gardent leurs vaches, les couleurs bariolées des paysans slaves ont fait place aux habits citadins sales, sans éclat ni caractère. Le pays, vide, désert, monotone — il suffit de l'avoir vu une fois pour comprendre la tristesse des chants populaires slaves. À une gare monte un vieil officier, à cheveux blancs, de la Légion polonaise, il ressemble à Job avec sa barbe ondoyante. Toute une communauté s'est rassemblée pour prendre congé de lui. Ils s'inclinent servilement devant le patriarche, une vraie scène de l'Ancien Testament. »

Mais ce qui fascine le plus Zweig, c'est l'efficacité des réseaux ferrés qui se multiplient en ce coin de terre, ces milliers de wagons qui se suivent, ces trains qui se succèdent sans arrêt, et où l'animation ne cesse pas. « Il est plus facile de comprendre les masses que le problème de leur déplacement », note-t-il. Et encore : « Pour moi, cet énorme déplacement de marchandises, cette organisation des transports a quelque chose d'enivrant… »

Ce que Zweig évidemment ne pouvait imaginer, c'est qu'il était le témoin d'une scène énigmatique dont les éléments se mettaient en place sous ses yeux, où l'« organisation » qu'il admirait, capable de provoquer « un énorme déplacement de marchandises », servirait à liquider le vieux Job et son peuple.

Les illusions perdues

Lecture encore : « Nous arrivons à un temps où, les fortunes diminuant par leur égalisation, tout s'appauvrira ; nous voudrons du linge et des livres à bon marché, comme on commence à vouloir des petits tableaux, faute d'espace pour en placer de grands. Les chemises et les livres ne dureront pas, voilà tout. La solidité s'en va de toutes parts. » Et encore : « L'emplacement nécessaire aux bibliothèques sera une question de plus en plus difficile à résoudre à une époque où le rapetissement général des choses et des hommes atteint tout, jusqu'à leurs habitations… Quelle honte pour notre époque de fabriquer des livres sans durée ! Encore dix ans et le papier de Hollande, c'est-à-dire le papier fait en chiffon de fil, sera complètement impossible. »

Les *Illusions perdues* : Balzac voit très justement ce « rapetissement » général de la vie dont Paris, plus que d'autres capitales d'Europe, commence de souffrir, jusqu'à ne plus offrir que des logis étroits, aux pièces exiguës et rares, aux plafonds bas, aux escaliers obscurs.

La question semble l'avoir obsédé : il y revient dans ses *Petits-Bourgeois*, en 1843 : la dégradation de l'urbanisme parisien accompagne le rétrécissement des mœurs : les vieux palais des XVIIe et XVIIIe siècles sont démolis pour faire place à des édifices à la façade maussade. On les divise en petits appartements, les plafonds sont abaissés, on réduit la hauteur des étages, les jardins intérieurs sont supprimés. Une nouvelle couche sociale a entamé sa lente ascension vers les rentes, après la Révolution de 1830. Elle occupe les espaces laissés libres par la vieille bourgeoisie, par l'aristocratie de robe et par la noblesse ancienne. L'avidité mesquine de cette petite bourgeoisie ronge les milieux et les lieux qui gardaient encore le souci du *decorum* et l'aisance des époques écoulées.

Bruxelles, Milan, Madrid, Berlin, ne connaîtront pas pareille dégradation et, aujourd'hui encore, conservent la jouissance de vastes logements aux proportions calculées sur la mesure humaine. Élever des enfants, recevoir des amis, posséder une bibliothèque, voire constituer une collection, n'est pas en ces villes accueillantes un problème insoluble.

À l'inverse, la réduction de l'habitation à Paris, si nette après 1830, favorisera cette existence cellulaire et célibataire, racornie, moisie, étriquée, frileuse, qu'est l'existence d'un Parisien, qui cache ses quelques misérables biens, compte ses sous, et surtout ne reçoit guère. Elle se perpétuera de nos jours dans ces traits de lésine et de méfiance que les étrangers nous reprochent. Pareille mesquinerie se change à l'occasion en vindicte populaire, lorsque de nos jours, elle obtient l'expulsion d'un Ministre, coupable non seulement d'avoir eu une nombreuse famille, mais encore d'habiter un logis qui gardait taille humaine.

Démonologie

J'ai tôt compris l'ambiguïté des symboles. J'avais quatre ans, cinq ans peut-être. Le mur au-dessus du lit, moisi par l'humidité, laissait apparaître, sous les déchirures du papier peint, des formes cornues. J'y croyais voir un diable. Chaque soir, avant de m'endormir, je faisais ma prière au diable. Il me semblait préférable d'honorer un dieu méchant dont j'avais tout à craindre, que de prier un dieu bon dont je n'avais rien à redouter.

La décade

Reçu le programme de Cerisy. On y parlera de « textique », de « schémique », de « grammique », de « matrices exhaustives », et de « l'exhaustion affinée de l'interscrit ».

Je me demande ce qu'en penseraient les vaches qui paissent en face du château. Qui paissaient : même ici, dans ce coin reculé du Bocage, on ne voit plus de vaches. Elles sont rangées dans leur hangar industriel, avalant par le haut leur farine animale, expulsant par le bas leur lait dans des tuyaux. « L'atelier d'écriture » dudit colloque proposera entre-temps un « bestiaire ennéalogue ». J'en ignore le sens.

Et qu'en penserait Anne Heurgon, dont je revois la silhouette se promener le long de l'étang ?

Silhouettes

Multiplication dans les rues et dans les manifestations de lycéens, en particulier de ces Beurs de la seconde ou troisième génération, casseurs pour certains, vêtus d'un blouson beige dont la capuche est relevée sur la tête et dissimule le visage. Cela rappelle assez exactement l'habit à capuce du clerc médiéval, évoqué par Nietzsche comme symbole de l'obscurantisme ascétique.

Intermittents

Manie des artistes de se dire « artistes vivants », d'appeler les spectacles « spectacles vivants ». Clameurs d'outre-tombe pour attirer le badaud. En fait cela signifie qu'ils sont déjà morts. Des morts vivants. Tout le monde est un artiste, c'est entendu — mais certains plus que d'autres.

Lecture

Pouvoir hallucinatoire de la lecture qui fait entendre une voix, page après page. Comme la voix des spirites, on ne peut pas l'enregistrer, et pourtant elle est assez réelle et singulière pour que nous en gardions l'insaisissable écho, longtemps après que nous avons refermé le livre. Aussi longtemps qu'on entendra ce chuchotis imperceptible, on continuera de lire. L'écran TV, une fois éteint, ne laisse aucune trace de son défilement de silhouettes, sinon un halo lumineux rémanent sur le verre et, en soi, un tumulte de passions qui tarde à s'apaiser, et qui empêchera l'arrivée du sommeil. Ces ombres bariolées, agitées et bruyantes qui prétendaient toutes à une parfaite objectivité n'étaient, produits de la technique, que des illusions, alors que le simple mot imprimé, comme un puissant Golem, garde le pouvoir de faire lever les morts. Le livre, avec ses pauvres moyens, est décidément du côté du verbe et de la chair, et l'image, dans sa labilité et dans sa prolifération, du côté de la corruption et de la mort.

Possession

Étonnante Cecilia Bartoli, qui répète, à la Fondation Gianadda. Présence animale immédiate, pleine de feu. Craignant de se brûler à sa propre flamme, elle se livre machinalement, dès qu'elle pénètre en scène, à de petits gestes accoutumés pour s'assurer qu'elle a gardé son intégrité corporelle. Elle se pince le nez, elle se mord les lèvres, se gratte le menton, agite la tête de haut en bas. Et comme elle est tout entière et trop fortement et trop décidément un feu, avec son regard noir intense et vif, la volubilité de sa chevelure, la rapidité de ses gestes, son premier souci, semble-t-il, c'est protéger son visage par un masque, savoir se retirer — faire lentement retrait en elle pour rejoindre le personnage qu'elle va chanter.

Toute une succession de mimiques, de contractions, de grimaces, va passer ainsi sur elle pour la désincarner et que ne reste qu'une pure vibration. Tout le temps qu'elle chante, son visage prendra par instants l'aspect du *prosopôn* antique, la voix qui sort du masque, la face gonflée, joues boursouflées, lèvres serrées parfois, comme soufflant dans une flûte invisible. Mâchoire en avant, la bouche distendue, elle incarne à l'occasion l'horreur de la gorgone au seuil de la mort, la fureur d'Athéna, la gloire du Dieu d'Israël. Parfois, au contraire, douce et détendue, elle module de manière exquise, elle maîtrise cette voix venue du plus profond des âges, où s'expriment des joies, des effrois, des espoirs aussi anciens, aussi violents, aussi déchirants que la voix du premier humain.

Elle est absente à elle-même, les traits déformés par l'effort, la douleur ou l'extase, roulant des yeux, le cou gonflé par la fureur ou bien apaisée, lissée par l'amour, mais toujours laissant surgir de sa bouche distendue une voix plus ancienne qu'elle, possédée par une présence surhumaine qui nous subjugue à notre tour. Elle est comme envoûtée, la voix jaillissant des abîmes de la douleur ou de la félicité.

Le dernier écho éteint, alors que, saisi, on ose à peine applaudir, elle reste quelques instants absente, et puis voici qu'elle réintègre, comme au début, par une seconde série de mouvements obéissant à un rituel précis, le corps qu'elle a quelques instants quitté. Elle revient à elle, elle revient sur terre, étourdie, étonnée d'être là, déçue dirait-on.

C'est moins une séance de transformisme à laquelle on a assisté, où l'on aurait entendu la petite paysanne romagnole incarner quelques instants Chérubin, Dorabella ou donner voix au castrat capable de chanter l'aria du *Piacere* de Haendel, qu'une séance de spiritisme, où Katie King en habits d'époque a réussi à faire chanter les morts.

Magie

Lu dans *Le Journal du Dimanche* que la batterie fanfare de la RATP et la chorale des enseignants du XXᵉ, en compagnie de 998 autres fanfares, ont ce jour-ci joué du tambour de sorte à libérer Florence Aubenas, et pour que « Bagdad finisse par entendre ». Autrefois c'était pour faire tomber la pluie que les tribus africaines jouaient du tambour, et que les dieux d'en haut « finissaient par entendre ».

Honneurs

Toutes les décorations, il les avait eues, avec gourmandise, comme l'enfant dont on dit qu'il a eu toutes les maladies.

Printemps (3)

J'ai enfin réussi à voir : ce sont deux pigeonneaux qui sont sortis de l'œuf, gros, solides, inattendus. Jaunes avec leur bec noir démesuré et grotesque, comme celui d'un médecin vénitien de la peste.

Je me rappelle avec déplaisir que l'an dernier, à pareille époque, l'un des deux oiseaux, chétif, incapable de prendre la nourriture que sa mère lui ingurgitait, était mort au bout de quelques jours. Par peur de déranger le nid, j'avais négligé d'enlever le petit cadavre. Au bout de deux semaines, son frère, déjà vigoureux, s'est mis à dépérir, a cessé progressivement de bouger, de se hisser sur ses pattes, d'agiter les ailes et de tendre le cou, puis a fini par mourir à son tour. Soulevant les deux corps, je me suis rendu compte avec horreur que tous deux avaient été dévorés par de minuscules formes ovoïdes blanchâtres, des asticots, des larves de l'omniprésente *musca domestica*. Le premier cadavre avait, par ma négligence, provoqué la mort du second.

Belle leçon d'histoire naturelle, apprise autrefois, mais dont la réalité visible seule m'a convaincu. La génération spontanée n'existe pas. Le cadavre de l'oisillon a attiré les mouches — selon cette succession d'espèces, douze à quinze, que les médecins légistes connaissent bien, et qui permet de dater, au jour près, la mort d'un humain. Ici, c'était déjà les grosses mouches noires, variété *Sarcophaga*, la mouche à viande, qui prolifère en raison des déjections des chiens dans la rue, en bas. Les vers sont venus après, et ont prospéré sur les deux corps, le vif comme le mort…

Quelle est la raison d'être des mouches, que Saint Augustin défend dans *La Cité de Dieu*, mais que Luther assimile au bourdonnement sinistre du Malin ? Les pigeons ne servent à rien, mais ils sont beaux, et, à l'évidence, ils manifestent des gestes où l'on croit reconnaître, à tort sans doute, les signes de la tendresse, de la fidélité, et de l'amour. Ils appartiennent à notre monde. Je n'arrête pas d'en admirer les couleurs, les verts, les mauves, les gris, ni d'observer un dialogue qui, si rudimentaire soit-il, est très précisément réglé. Je guette le moment où, si je m'approche trop, l'œil s'immobilise, pareil soudain à la prunelle des ophidiens, des lézards, des serpents, qui me rappelle que l'oiseau reste un animal chthonien et aquatique, autant qu'aérien.

Mais la mouche, dont il existe quatre-vingt-cinq mille espèces ? À quel autre monde inférieur, subterranéen, infernal, appartient-elle ?

Science-fiction

De ce film de science-fiction, sorti vers le milieu des années 50 et que je brûlais de voir, je ne connaissais que le titre : *Le jour où la Terre s'arrêtera.* On me détrompa : le titre était *Le jour où la Terre s'arrêta.* Je n'en démordais pas, ne comprenant rien à cette confusion des temps : une histoire qui évoquait une catastrophe à venir, provoquée par des machines qui n'existaient pas encore, un robot d'acier, descendu d'une soucoupe et dont la visière laissait fuser un rayon mortel qui pulvérisait la foule éperdue des humains, cela ne pouvait se dire qu'au futur.

Je perdis mon pari. Ce n'est que longtemps après que je compris que le passé simple utilisé se référait non à l'histoire linéaire des hommes, non plus qu'à un temps cyclique, mais à un temps mythique, une sorte d'*in illo tempore* biblique. Le film perdit de son intérêt à mes yeux, puisque au lieu d'annoncer ce qui pourrait se passer, il imaginait ce qui n'avait jamais eu lieu.

J'appris plus tard, lors d'un savant exposé dans un club de cinéphiles, que le réalisateur, Robert

Wise, de confession chrétienne, avait transposé le récit des Évangiles, et que l'extraterrestre, venu apporter un message de paix aux Terriens, mis à mort par les méchants humains et ressuscité par son robot Glatou, était une figure du Christ, de sa passion à sa résurrection, dont la bonne parole obéissait au mode du « En ce temps-là, Jésus… ».

Nox angelica

Comme chaque fois, je n'avais eu qu'une idée au réveil : remercier X. qui m'avait fait l'amitié de venir me visiter en songe. Son commerce avait été si agréable, sa compagnie si chaleureuse, qu'il avait en quelque sorte veillé sur mon sommeil, l'avait protégé et sans doute fort agréablement prolongé au-delà du temps habituel, en me laissant au réveil dans de fort bonnes dispositions. L'idiotie du geste me frappa quelques minutes après : en réalité, j'étais brouillé avec X. depuis longtemps, pour d'obscures raisons, et l'on ne se parlait plus. Mais ce qui m'enchantait dans ce dialogue entre deux ombres, c'est qu'il était évident que le sommeil pratiquait comme naturellement le pardon des offenses, ou bien plutôt que, ne connaissant pas le temps, il ignorait ses accidents, ses regrets et ses absences. Le rêve semblait rester indéfectiblement fidèle à ceux qui avaient une fois été aimés et, durant la nuit, apportait au dormeur l'indéniable consolation de les savoir vivants.

Déclin

Au début, en échange de la citoyenneté, on leur a abandonné les travaux les plus durs, la voirie, le terrassement, les chantiers, les chaînes de production, les ordures et le nettoyage. Comme ils s'en sont accommodés, on leur a par après laissé le soin de faire des enfants, besogne elle aussi trop souvent pénible, bruyante, accaparante et sale. Restèrent les loisirs, les jeux, les fêtes, les plages, mais dont l'attrait finit par se ternir. Et finalement, comme il n'y avait plus rien à faire ni à penser, ni à attendre, plus de but à la vie, sinon un ennui interminable et lourd, on finit par leur déléguer le souci des fins dernières. Alors même que depuis longtemps, on s'était détourné des dieux traditionnels, on s'intéressa à leurs cultes si curieux, à leurs interdits si sévères, à leur jeûne si rigoureux. Arrivé à ce point, bien sûr, il n'y eut, de la civilisation en question, plus rien à sauver, sinon mourir. C'est du moins ce que les historiens nous disent du déclin de Rome.

Culture d'entreprise

Ce matin, sur le RER B, arrêt brutal sous un tunnel, pour cause, entend-on dans le haut-parleur, d'un « malaise voyageur ». Oui, j'ai bien entendu, le terme est repris toutes les trente secondes dans l'annonce : « un malaise voyageur ». Je connaissais les pigeons voyageurs, mais les pigeons, ici, c'est nous, près de mille passagers, prisonniers dans la rame, debout, pressés les uns contre les autres. L'arrêt s'éternise, en attendant qu'un employé *ad hoc* porte secours au « malaise voyageur ». Mais d'employé, point, ni dans le train ni sur le quai. Tout est automatisé, modernisé, « sécurisé », grâce à nos valeureux ingénieurs — et sans aucune présence humaine. Il n'y a plus qu'un conducteur, qui ne sait trop que faire, sinon répéter son annonce. Une heure et demie se passe, dans la chaleur insupportable. Je calcule rapidement que ce sont près de 30 000 voyageurs, à cette heure de « prise du travail », qui ont été immobilisés, pour un simple « malaise voyageur », et faute de « techniciens » ou de cellules de crise ou d'aide psychologique pour y porter secours. Il est vrai que si l'on avait parlé d'un voyageur pris d'un malaise, on se serait inquiété…

Relativité

Dans un temps où tout se détruit, le beau nom de « conservateur ». Voire : dans un temps où tout furieux court à la ruine, le fier nom de « réactionnaire ».

Or, il demeure une grande répugnance à user de ces deux mots, dans une époque où, du patrimoine naturel — l'eau, les plantes, les espèces, etc. — au patrimoine culturel — les monuments, les bibliothèques, les archives —, il serait urgent, plus qu'à tout autre, de prendre des mesures conservatoires.

Revenant

Revoir en rêve quelqu'un qui est mort et que l'on a aimé, c'est affronter, et avec quelle douleur, l'évidence qu'il est mort. Jusque-là, on agissait comme s'il était encore en vie, sans doute absent, mais vivant ailleurs, en un autre lieu, en un autre temps, qu'on se gardait bien de préciser. L'apparition du rêve, le revoir du rêve, dissipe cette vague illusion. Le rêve est traversé de revenants. Si on voit en rêve un disparu, avec la netteté frappante du rêve qui se substitue au souvenir qu'on avait maintenu dans l'incertitude, c'est qu'il est mort et bien mort, et qu'on ne le reverra plus.

Printemps (4)

Le pot est vide, les deux pigeonneaux ont disparu. Je n'arrive pas à le croire. La mère les aurait transportés ailleurs ? Impossible. Un chat ? Invraisemblable à ces hauteurs et sur ces murs lisses. N., qui n'aime guère les pigeons, aurait-elle pris l'initiative de les faire disparaître ? Elle me jure ses grands dieux que non. Ce pot vide m'attriste. J'aimais surtout les roucoulades, le rituel des becquées, la preuve chaque matin que la vie continuait, « simple et tranquille »...

Courage

Les Parisiens ont de plus en plus pris l'habitude de se saluer non plus par un « Au revoir ! » ou une « Bonne journée ! », mais par un inattendu « Bon courage ! ». Il s'agit moins désormais de jouir des heures présentes que de survivre à la dureté des temps.

Planimétrie

On n'habite plus à Paris, on habite « sur Paris ». On ne travaille plus à Lyon mais « sur Lyon », on a des amis « sur Bruxelles », on cherche un logement « sur la République », on intervient « sur Marseille », etc.

Ce changement de préposition qui, à la direction, au mouvement et au but, qui supposent un élan, une marche, une envie, substitue une vision fixe et surplombante, dénote une visée quasi militaire et menaçante.

C'est l'extension d'un usage ancien mais fort limité qui parlait de « loger sur la rue » ou d'avoir « pignon sur rue ». Mais cet élargissement, qui passe du local et du familier au territoire et à l'inconnu, est un changement complet de régime et de sens. Le « à » ratifiait une appartenance, une familiarité, une contiguïté. Le « sur » déroule une vision panoramique ou plutôt planimétrique, qui trahit la contagion des images produites par des écrans, virtuelles, télévisuelles, l'imprégnation des vues d'en haut, comme de la cabine des avions, l'habitude de graphiques étalés devant les yeux, une sorte de perception globale, abstraite et impérieuse du monde, un calcul stratégique, une société faite de calculs et d'offensives, une topographie semée d'objectifs militaires.

L'habitant du monde autrefois jouissait de sa présence en vivant ici et « à » présent, heureux de sa fenêtre « sur cour ». Il se perçoit la technique aidant, comme une autorité qui voit tout de haut, qui embrasse, qui prévoit et qui frappe. Ainsi, en 44, Paris, « sous » les bombes.

Il est étrange au demeurant de constater que ce changement dans la langue s'est opéré il y a une dizaine d'années, quand la dégradation du climat a commencé d'entraîner, sous nos regards étonnés puis inquiets, une multiplication de tornades, de tempêtes, de cyclones, de turbulences atmosphériques qui, du haut du ciel, ont entrepris de fondre *sur* nos villes.

Sécurité

Une longue file d'hommes et de femmes, dépouillés de leurs vêtements, piétinent, refroidis et mal à l'aise, attendant de passer l'un après l'autre sous un portique de métal. De temps à autre, un grelot féroce retentit, et les malheureux sont contraints de retirer une autre pièce de leur vêtement, ceinture, montre, collier. C'est souvent le téléphone, l'alliance et les clefs qu'on leur demande de déposer. En chemise et les pieds nus, ces vaincus, ces soumis, ces sujets subjugués sont les Bourgeois de Calais d'un nouvel ordre du monde.

Mais de quel dieu du ciel, de quelle puissance ouranienne sont-ils les prisonniers ? Chacun, ayant enfin convaincu les autorités qu'il est inoffensif et désarmé, attend le geste qui, en lui redonnant son statut de citoyen, l'autorisera à remettre ses chaussures et renfiler ses vêtements. Alors sera-t-il admis à s'engouffrer dans un long boyau noir, avant qu'un grand oiseau d'argent ne le ravisse dans les airs. Ces diableries médiévales ont lieu dans le décor futuriste d'un grand aéroport.

Colloque nocturne

Passé la nuit à discuter en rêve avec de multiples interlocuteurs. Au réveil, j'ai constaté que tous en réalité étaient morts, et soupçonné que la vivacité et la longueur de nos discussions trahissaient mon regret de n'avoir pas plus souvent parlé avec eux quand ils étaient vivants. L'exercice, dont rien bien sûr ne m'est resté, m'a laissé épuisé comme s'il se fût vraiment passé.

Le vampire

Cette nuit, rêve poisseux. Je n'arrive pas, au réveil, à le décoller de moi. Il adhère au plus profond par mille filaments élastiques et gluants. Il n'a pas de forme, je ne peux rien en lui distinguer de solide, un visage, une figure, le souvenir de quelque chose. Son degré de viscosité et d'adhérence semble se mesurer à cette capacité de n'avoir aucun trait reconnaissable, sinon cette qualité poisseuse, matricielle, masse de sang et de viscères qui n'a pas encore accouché, et qui m'imprègne sans réussir à venir au jour.

Déchet

La mélancolie a quelque chose à voir avec l'excrément, le *stercus*. Difficulté à digérer, ruminations, hypocondrie, bile noire et recuite. Soleil charbonneux des viscères. Nabokov a raison de penser que le « cafard » est en réalité un scarabée, roulant sa bouse en caparaçon d'or.

ÉTÉ

Siméon stylite

Manhattan. À nouveau cette allure de grand navire aux innombrables rangs de fenêtres illuminées, de vaisseau de haut bord aux ponts superposés qui ressemble au *Rex* d'*Amarcord*. Mais au lieu de glisser, l'île reste amarrée aux quais, tenue par les saisines et les drisses des ponts de Brooklyn, Queens et Triborough.

Enguirlandés d'ampoules, ces gréements brillent de tous leurs feux, comme pour annoncer un départ. Reflets de l'eau sur les deux rives, à bâbord et à tribord, *East River* et Hudson. Fanaux verts, bleus et rouges au sommet des aiguilles et des antennes qui hérissent les gratte-ciel et sont les phares et les balises de l'énorme commerce maritime qui se concentre dans le bas de la ville et à son milieu ; hautes cheminées, crachant la fumée d'une énorme chaudière invisible sous nos pas ; longs coups de trompe sourds et puissants des sirènes des services d'incendie ou de police, qui persistent à annoncer un appareillage sans arrêt différé. Tout en haut dans le ciel, planent de grands oiseaux, traçant d'interminables cercles, dont je n'arrive pas à distinguer la nature.

Ce grand navire à quai est aussi un si vieux rafiot, encalminé dans son dock. Il est étrange que New York demeure à ce point une ville de la première révolution industrielle. Interminables ponts rouillés aux découpes gothiques, profils grimaçants de mâchicoulis et de gargouilles, vieux entrepôts abandonnés, cheminées écroulées, manufactures désertes, reflets d'eaux mortes et noires. Et ces cimetières infinis, qui paraissent délaissés, quand on traverse le Bronx. On est plus près des gravures de Gustave Doré illustrant le Londres de Dickens ou des descriptions hallucinées des récits de Lovecraft que des clichés de la métropole du monde moderne.

Une fois passé le fleuve, quand on longe le quai oriental par l'autoroute du *Upper East Side*, se succèdent des cubes de ciment gris percés de petites fenêtres carrées toutes semblables, qui font ressembler ces habitations pauvres, bâties dans les années 10 et 20, aux *Mietskasernen* de Berlin. Les fenêtres semblent ne jamais avoir été lavées et sur la couche vitrée primitive, les alluvions urbaines, au cours des années, ont déposé un charbon gris et gras. C'est comme si un rideau de fortune, un voile miséricordieux filtrait la lumière trop crue des journées étincelantes de l'hiver.

Combien je peux aimer pourtant cette lumière éclatante de New York, qui vous accueille au sortir des brumes de l'Europe. On débarque dans un monde décapé, rincé de toute matière, lavé des vernis, des embus, des fumages, des patines du vieux Continent, brillant comme un sou neuf. C'est celui avec lequel l'émigrant bâtira sa fortune.

Au bout de quelques jours, l'œil se fatigue pourtant de cet éclairage. On rêve de vélatures, de transitions douces, de passages insensibles, de nuances délicates. La remarque s'applique aussi, bien sûr, aux façons de parler, de penser, de représenter.

Dîner chez X. qui collectionne Miró, Picasso et Warhol. C'est vendredi soir, et devant ses invités, il procède à la bénédiction du vin dans un petit calice, jusqu'au *amen* final. L'erreur du catholicisme, parmi bien d'autres, aura été d'abandonner ces piétés hebdomaires et domestiques.

La vue, à ces hauteurs, vers le sommet du *Trump Tower*, au cœur de Manhattan, en ce moment du crépuscule, est saisissante. Immense flot ininterrompu des voitures, fleuve de lumière et de sang, flux de globules qui se suivent et se pressent dans les veines et les artères, blancs dans un sens, et rouges dans l'autre. La tombée du jour a transformé *Cen-*

tral Park et ses milliers de réverbères en la vaste prairie obscure d'un soir d'été, envahie de lucioles. Quand je m'y promenais, cet après-midi, je demeurais frappé par l'affleurement des lourds rochers gris, rabotés par les glaciers, qui déchirent la terre, ultime avancée du bouclier canadien. Cette présence si forte d'une nature primordiale, comprimée sur ses quatre flancs par l'ombre déchiquetée des gratte-ciel, rend soudain plausible et presque palpable la présence des dinosaures et des aurochs qu'on voit encagés non loin, au Muséum d'Histoire naturelle, et donne quelque crédit, en bordure du Parc, enterrée dans le sol, à l'ammonite géante du Musée Guggenheim.

Il y a toujours à New York, en raison peut-être de cet air marin et de cet aspect de premier matin du monde, quelque chose d'une veille de Pâques ; la jeunesse du monde revient, la promesse s'accomplit. À l'ouest, brûle dans le ciel un énorme incendie jaune et vert, violent comme une apocalypse de Grünewald. Quelques rues plus haut, vers la 42ᵉ, on devine les fulgurations de *Times Square* : cascades d'ampoules incandescentes, néons frénétiques et écrans à plasma aveuglants déroulent sous les yeux les sept tentations que l'homme peut éprouver dans l'ordre de la golosité, de la luxure, de la cupidité, de la fureur, de la paresse et de l'envie : nouvelles du monde, femmes dénudées aux attributs exagérés et aux poses provocantes, multiplication effrénée des biens de consommation et défilement ininterrompu des cours de la Bourse.

Mais, de cette énorme agitation, de ce mouvement perpétuel des machines et des hommes, vus au-delà des vitres, et parce que celles-ci sont épaisses et doublées, il ne sort aucun bruit. Hissé à ce seizième étage, abrité dans un caisson de verre parfaitement étanche, au cœur fracassant du monde, environné de ces millions d'éclats scintillant dans le silence, on se retrouve, protégé de ces tentations, comme Siméon perché sur sa colonne au milieu du désert, dominé par les luminaires célestes. New York est un lieu favorable aux nouveaux cénobites, fort propre à l'étude et à la méditation.

Journal

Si lire le journal est la prière de l'homme moderne, écrire un journal est un acte de foi d'un ordre supérieur. On ne se contente pas de se mettre à l'écoute des autres pour se couler paresseusement dans le flot de l'Histoire. On se met à l'écoute attentive de soi pour s'en écarter, nager à contre-courant. On parie que la vie d'un individu, si banale et monotone, si pauvre soit-elle, touche, par sa simplicité même, à l'éternité.

Discipline que cette approche de la pensée du quotidien, quand il s'agit non d'en être traversé, mais de la saisir et de la formuler, de lui conférer une forme rigoureuse et si possible durable. Le *Zibaldone* de Leopardi est à cet égard le chef-d'œuvre absolu du genre. Mais qui a encore assez de courage, ou de mélancolie, pour s'astreindre à cet effort sans but ?

L'enfance fantôme

Les souffrances, les peurs, les humiliations subies dans l'enfance, on les retrouve parfois comme une vieille blessure, avec un pouvoir intact de faire mal. Sur le coup, quand on les avait éprouvées, anesthésié par le choc, on n'avait rien senti, tout entier mobilisé pour survivre à ces années noires. Mais longtemps après, des décennies plus tard, parfois dans le bonheur et l'opulence et tout souci disparu, la douleur que l'on croyait éteinte se réveille, aussi vive que dans le passé, plus mordante encore d'insister, comme un membre fantôme qui vous dévore alors qu'il n'est plus là, comme si le mal ne vous avait jamais quitté et qu'il n'avait servi à rien de vieillir.

Retouches

Je corrige mes textes aux divers moments de la journée, le matin, le soir, la nuit parfois si je me réveille. Chaque fois je les vois d'un œil différent. Chaque moment du jour semble apporter une lucidité autre, comme une lumière autre. C'est agir à la manière d'un peintre qui exerce ses repentirs selon les éclairages de son atelier.

Il n'est pas jusqu'à la nature du support qui influe sur la lecture et par conséquent sur la nature des repentirs. De même que le peintre voit autrement son projet selon qu'il est sur toile ou sur carton, de même, le texte tiré sur papier sera lu d'un œil différent de celui vu sur l'écran, et fera apparaître d'autres faiblesses.

Le plus curieux est sans doute la façon dont chaque quadrant du jour apporte sa note. Le matin propose le mot juste. Le soir, avec sa légère ébriété, offre le mot vrai.

Pigritia

Parler sans cesse de « l'universalité de la culture », c'est céder à la facilité et à la paresse en différant la peine d'étudier sa diversité et en s'évitant la fatigue d'en devoir étudier les fruits.

L'Âge d'or

Plaisir de renverser la chaîne des causalités, de faire venir l'antérieur du postérieur. Remarquer ainsi que l'Âge d'Or annoncé par le XXe siècle, ce fut le XIXe qui nous l'offrit.

Jules Verne nous tend ce miroir où les images, avec la flèche du temps, s'inversent. Avec lui, la Science se substituait à Dieu, et pouvait désormais, *ad infinitum*, nommer toutes les formes créées, les arbres, les oiseaux, les animaux, les roches, les nuées… Ses Nemo qui plongent au fond des mers, ses Lindenbrock au creux des roches, ses Hatteras au cœur des Pôles, et ses Robur au bout des airs, toute cette exploration d'une terre infiniment féconde, dévoilant sans fin ses merveilles minérales, végétales et animales, déroulait, vers 1870, les images d'un Jardin d'Éden dont l'homme crut pouvoir, grisé par le Progrès, pousser la porte, alors même qu'il arrivait, au seuil du siècle nouveau, à l'instant d'en être chassé. En ce moment, vers 1912-1916, quand la planète se boucle sur elle-même, que le *Titanic* sombre au fond des eaux, que la Première Guerre mondiale marque la fin de l'Europe, et que les gentils savants se changent en dictateurs, les Voyages Extraordinaires ne mènent déjà plus nulle part.

L'enchantement qui naît de leur lecture aujourd'hui est comme de feuilleter une vieille Bible enluminée avec ses verdures, ses ors et ses lapis-lazuli. C'est reparcourir, *gradum regrediens*, ce Paradis qui nous avait été promis, plein d'essences et de bêtes étranges, avec tous ses arbres « agréables à voir et bons à manger », et ses grands fleuves qui en sortaient pour couler jusqu'au bout du monde. On y retrouve intactes, alors que les portes se sont refermées, les descriptions précises de ses richesses, auxquelles on peut de nouveau, l'une après l'autre, donner un nom : les cristallisations rhomboédriques, les résines rétinasphaltes, les ghélénites, les fangasites, les molybdates de plomb, les tungstates de manganèse et les titaniates de zircone, les palmiers, les tamarins, les sycomores et les euphorbes, l'oiseau rameur, la grue couronnée, les geais successifs rouges et bleus, les moqueurs et les moucherolles... toutes les échelles d'une Genèse, de la plus rugueuse à la plus subtile — nous qui n'aurons jamais connu, amers et désabusés, que ce qui a suivi la Chute.

Vies parallèles

Aspect inattendu du rêve : ne pas s'étonner d'y voir tel de ses proches mener des activités qui nous sembleraient, seraient-elles réelles, proprement stupéfiantes. Ainsi cette nuit, je voyais sans surprise S. B. piloter un petit hélicoptère, elle qui tremble à l'idée de monter dans un avion. Le songe prête à nos proches des vies parallèles dont nous n'avons pas idée. Dans le secret de la nuit, il déroule une geste faite d'épisodes héroïques et extraordinaires, pleine d'éclats, de bruit et de fureur dont leur existence est traversée à notre insu et qui, au petit matin, nous laisse abasourdis.

Muséographie

Je me souviens à Bilbao, dans les cafés et dans les bars, accrochées au mur derrière les comptoirs, de ces photos du Musée Guggenheim que les habitants ont placées dans des cadres dorés et tout auréolés de petites ampoules électriques. Ce sont les images pieuses d'une dévotion à un lieu saint. Pour eux, le Musée est miraculeux : pareil à la grotte de Lourdes, moitié meringue et moitié crustacé, il a rendu à la ville sa prospérité.

Mais le geste va plus loin. Les musées sont souvent les architectures les plus audacieuses et les plus belles qu'on ait construites ces dernières décennies. Celui de Gehry, mais aussi les musées bâtis par Tadao Ando au Japon, celui de Curitiba dessiné par Niemeyer, ou le nouveau musée national de Canberra, proposent des formes extraordinaires, des volumes exaltants. Ce sont aussi les nouveaux temples des croyances modernes alors que l'architecture des églises dans le même temps est devenue, Dieu les ayant abandonnées, pauvre, ennuyeuse et convenue. Et c'est autour des musées désormais, comme autrefois autour du temple, que la ville s'ordonne. Même dans les villes anciennes, comme à Lyon ou à Nîmes, c'est aujourd'hui le musée d'art moderne qui est le nouveau centre de la vie, le nombril de la terre dont on attend l'illumination, la Kaaba, le foyer autour duquel on processionne.

Et comme les temples d'autrefois, ces nouveaux musées sont vides : pas d'œuvres, ou si peu, si minces, si minimales ou si élusives qu'elles se fondent dans le bâtiment. Curieux mais dérouté, on cherche alors, au creux de ces immenses et somptueuses coquilles, ce qui pourrait se cacher. Les nouveaux pèlerins qui s'y rendent viennent adorer là un Principe « Art Moderne », qu'on ne veut ni ne peut imaginer, et moins encore nommer. La Présence qu'on vénère en ces lieux doit elle aussi, comme le Dieu désincarné des églises blanches et nues de Saenredam, demeurer sans attribut. Là où la *cella* demeurait vide, la foule a désormais profané un lieu dont on n'obtiendra jamais plus rien.

Les Romantiques, les Futuristes voyaient dans les

musées des mausolées. Mais aujourd'hui, ce sont des cénotaphes.

Wagner chez les Pygmées

Admirable Waltraud Meier dans le rôle d'Isolde. À la fin du dernier acte, on est au bord des larmes. Derrière elle hélas, et vingt fois plus grands qu'elle, il y a les écrans où Bill Viola projette sa vision du *Tristan*.

J'entends encore les paroles extasiées de mes collègues à Venise, vantant le génie de cet artiste prétentieux et médiocre, quand je ne vois ici qu'une apothéose du kitsch. Il y a une vulgarité dans cette succession de corps nus qui s'enlacent au ralenti, et dont, au ralenti aussi, aucun pli du ventre ni aucun poil au menton ne nous est épargné. Cinquantenaires adipeux, ils ressemblent à des rescapés du San Francisco *gay* et lesbien des années 80, que j'ai connu. Ô Isolde, qui n'avais que quatorze ou quinze ans… ! L'artiste a imaginé de les faire évoluer dans un environnement liquide, fait de bulles d'air et de flammes, qui renvoie, j'imagine, à de fortes pensées. À Montréal, on dirait « niaiseux » cet art qui semble avoir été inspiré par l'esthétique des clips publicitaires pour eaux minérales et pour crèmes de jouvence.

Je suis frappé chaque fois par la laideur absolue de l'Opéra-Bastille. Comparé à la Fenice ou au San Carlo, fruits d'un Pouvoir éclairé, le bâtiment démontre cruellement l'impossibilité des républiques et des personnages éphémères qui les dirigent à devenir des maîtres d'ouvrage. Médiocrité des matériaux, volumes staliniens, parcours vertigineux — ah ! les escaliers dont il fallut masquer le vide par des filets ! Ah ! les marches ! étroites et mal taillées, sur lesquelles les dames trébuchent... —, acoustique désastreuse, ambiance lugubre, on sait tout cela. Deux traits suffisent à démontrer la sottise du projet. Les toilettes pour hommes : dès la porte poussée, quand partout ailleurs on surprend des dos alignés, vous vous trouvez mis là *face* à ceux qui pissent et sans rien pouvoir ignorer. Et puis, la façade ! La façade noire, aveugle ! Elle tourne le dos, elle, à ce qu'elle devrait honorer : de sa hauteur devrait se découvrir l'un des plus beaux panoramas de Paris, jusqu'à Sainte-Geneviève, la Cité, Notre-Dame, le Marais. Mais l'on n'en peut rien voir. Frustré, le spectateur erre, pris dans des couloirs étroits et biscornus, sans rien pour se détendre, s'asseoir ou se restaurer. Commander un verre suppose une patience infinie, prendre son tour en silence. Comme si les Parisiens ne s'étaient jamais guéris des queues devant les boutiques pendant la

Guerre. Les queues, il est vrai, sont devenues, selon la préciosité ridicule qui désormais pourrit la langue, des « files d'attente » dont il faut mériter la place. Mentalité punitive et contristée propre à la France. Partout ailleurs, aller au théâtre, au concert, à l'Opéra, est un acte social, convivial et heureux. On parle, on mange, on boit et on rit. À Paris, si l'on aime la musique, on doit être puni. Au coin, ou à la queue, comme tout le monde.

L'art du camouflage

Les *tags*. Quand ont-ils commencé à proliférer ? Quinze ans ? Vingt ans ? À l'époque de leur apparition, ces écritures convulsées qui flambaient sur les murs blancs m'avaient fait penser à un *Mané Thecel Pharès*, annonçant quelque Balthasar grandiose dont on ne savait rien.

En tout cas, ce fut la fin d'une ère, fort ancienne, qu'on pourrait dire du respect. Depuis, ils se sont multipliés, avec la vitesse d'une épidémie : hier, la statue de Louis XIV sur son cheval, Place des Victoires, a été couverte de peinture. Ils se sont aussi épaissis et renforcés, multipliant les couches de blanc, de vert, de jaune, de rouge, d'argent, d'argent surtout, et ils ont pris des formes huileuses, de cellules ou d'amibes, cernées de noir, qui prolifèrent, recouvrent désormais toutes les surfaces disponibles et dissimulent leur nature et leur fonction.

Les graffiti, je m'en aperçois aujourd'hui, sont les camouflages de notre époque. Ce sont les déguisements d'une guerre qui ne veut pas dire son nom et dont l'ennemi à abattre, en vérité, c'est nous. Le décor quotidien et avec lui tout ce que nous avons aimé est englué, étouffé, submergé sous ces crachats furieux. Tout doit disparaître. Liquidation générale. C'est la fête imbécile, à défaut du festin promis.

Bucoliques

Que serait un village français sans son rond-point, sinon un ramas de maisons égarées dans la plaine ? Le rond-point, à son entrée, c'est la rose des vents qui l'assure dans son assiette. Là où le clocher de l'église montrait jadis le chemin du ciel et drainait les énergies des habitants vers des hauteurs mystiques, le rond-point se contente de distribuer la circulation terrestre des mobiles.

Mais les édiles municipaux ont voulu plus que cette efficacité horizontale. Le rond-point est devenu l'autel sur lequel déposer en offrande propitiatoire ce qui servait naguère à sa vie quotidienne. Au sommet du tertre, entourées de fleurs, la brouette qui servait à rouler les denrées ou la roue de charrette qui transportait les moissons sont laissées à la dévotion giratoire des automobilistes. Non sans ingratitude et servilité, ce sont les victimes qu'on consacre aux dieux nouveaux du Progrès. Ce n'est pas la vieille église que le rond-point remplace, c'est l'ancien Monument aux morts.

L'esprit du vin

S'il y a dans le vin une qualité qui fait qu'on l'associe depuis toujours au culte religieux, c'est que, comme l'esprit de l'homme, celui du vin tantôt relève du *genius loci*, tantôt de l'universel. Vins de pays qui ne voyagent pas, mais qui, là où ils sont, offrent des vertus qui nous les font chérir. Grands vins voyageurs, qui gardent leur quiddité aux quatre coins du globe.

Ce sont deux grandes vertus, insaisissables aux distillations les plus subtiles des quintessences, mais sans effort perceptibles au palais du buveur. Elles réfléchissent, dans le secret des liquides, des alcools, des sucres et des tanins, les deux postulations des humeurs du cerveau, celle qui nous permet d'habiter ici, et celle qui nous conduit à voyager ailleurs.

La culture du Ministère (3)

Le Musée Picasso a accueilli hier soir 4 663 personnes aux « pratiques culturelles autres », sans compter les poussettes. Pandémonium. Bruit et chaleur d'enfer. Une femme s'est évanouie. Pour éviter de tomber, les nouveaux Visiteurs du Soir s'appuyaient sur les tableaux. Pas de gardien pour les en empêcher : aucun crédit n'avait été trouvé pour assurer les heures supplémentaires.

La « Nuit des Musées » a été saluée dans la presse, de gauche comme de droite, comme un immense succès. Cette grossière démagogie permet bien sûr, en puisant dans un trésor sans bourse délier, d'éluder le problème d'un enseignement de l'histoire de l'art formant des amateurs qui viendraient, par plaisir et sachant pourquoi, voir les tableaux, de jour.

Ici comme ailleurs, on ne fait plus que dilapider sans vergogne les richesses du passé. On tire des traites, sans compter, sur un héritage qui nous a été confié, sans pouvoir ni l'accroître, ni même le sauver. Grand solde des décadences.

Amsterdam, ce soir, toute frissonnante de pluie, enveloppée dans ses canaux, roulée en eux comme avec des châles. Je chéris ces endroits où les villes sont non seulement bâties pour des hommes, mais vivent tels des corps d'hommes, tour à tour frileux ou fiévreux. Et j'ai peur de ces villes comme Los Angeles, sans limites, sans centre, sans frontière, sans cœur et sans extrémités, développées comme des monstres, où habiter un lieu, c'est créer un environnement au milieu du désert, aussi artificiel qu'une capsule dans le vide spatial.

La limite et la clôture supposent que la paix doit être protégée. Si la paix est protégée, c'est qu'elle cache un trésor. Brouiller les lignes, abolir les distinctions, c'est déjà non seulement s'exposer au danger extérieur, c'est s'ignorer soi-même. Toute société ne se saisit que dans son contraire.

Le chose est particulièrement frappante à Amsterdam, dont la finale en « dam » rappelle le barrage contre les eaux à partir duquel la ville s'est construite par enveloppements successifs, pour ne pas prendre froid devant l'étendue. Le Créateur lui-même établit la frontière originelle en séparant la terre — et les eaux.

Assistance sociale

Au début, comme au guichet d'une administration : « Votre menu vous donne droit à… » Et vers la fin du repas, la question de routine : « Ça a été ? », comme au sortir des mains d'un dentiste. Cette façon de parler ressemble plus au langage d'un hôpital ou d'une collectivité qu'à celui d'un restaurant. Mais personne ne le remarque, habitué qu'on est dans ce pays à se faire traiter en assisté, non pas en client.

Ventriloquie

Autrefois, j'étais abattu. Maintenant, de plus en plus souvent, j'éclate de fureur. Signe des temps. Les bonnes raisons ne manquent pas. Ce qui me laisse chaque fois pantois, c'est la violence de mes propos. En quelques instants se succèdent injures, obscénités, insultes. Est-ce bien moi qui les ai prononcées ? Où donc ai-je pu, en un instant, retrouver ces imprécations et ces mots orduriers, qui me sont venus spontanément aux lèvres ? Je vocifère pareil à un possédé, à un malade atteint de cette étrange maladie des nerfs qui, en même temps qu'elle projette votre corps dans toutes les directions, vous fait plonger dans la coprolalie.

En fait, c'est comme si, en crevant la pellicule de civilité tissée avec les années, la rage m'avait fait d'un coup retrouver les réflexes du gamin que j'étais, contraint pour se défendre, dans les années sinistres d'une après-guerre de famine, à échanger des gnons et des insultes. La cause actuelle de ma fureur a fait renaître, intacte, inassouvie, une fureur très ancienne, avec les mêmes mots et les mêmes tournures. Hors de moi, comme un ventriloque, est ressorti de ma bouche l'enfant révolté que j'étais, et qui, à l'évidence, n'a pas été entendu.

Les evzones

L'image d'une Grèce miroir éternel de la perfection est moins troublante, à bien réfléchir, que l'image d'une Grèce exemple de la décadence. Enfant, feuilletant les images des livres de voyages, je me posais naïvement la question : comment en sont-ils arrivés *là* ? Comment rabouter les *kouroï* et les evzones ? La musique des sphères pythagoriciennes et le sirtaki ? Comment les civilisations meurent-elles ? Comment faire glisser l'image d'une Olympe éternelle sous les vignettes romantiques de Byron et de Missolonghi, les gravures horrifiques des turqueries et des têtes coupées, pour ne rien dire de ce qui a suivi ?

Quand on se promène en Attique, on a l'impression parfois, ici et là, que les Grecs d'aujourd'hui campent dans les ruines de leur propre pays. Des personnes déplacées dans un camp de transit. *Hic est locus patriae* : où est-il aujourd'hui, ce lieu de la patrie ? C'est l'Athènes de Périclès qui nous est présente, alors que l'Athènes byzantine, ou turque, nous est dans le temps, plus proche. Il est beaucoup plus difficile d'imaginer une métamorphose descendante qu'une métamorphose ascendante.

À propos de la prosopopée de Paul Valéry sur la mort des civilisations, à partir de quand la France cesse-t-elle d'avoir une histoire pour connaître une fin ? 1914 ? La dislocation des grands Empires ? Le conflit semble mobiliser les forces qui lui restent, et les épuiser. Après commencent le retrait fatigué ou frileux, la défaite, 1940, la demi-victoire, 1945, la décolonisation forcée, 1950, les hypocrisies de l'autodétermination, 1960, la perte d'influence et la disparition de la scène internationale, 1970, le déclin de sa culture, 1980, et, stade ultime, la démolition des structures de sa pensée avec la ruine de sa langue, 1980, la mise en retraite anticipée, chômage et 35 heures, 1990... La fin se passe sous nos yeux, à toute vitesse. C'est le *Satiricon* de Pétrone en accéléré. Comment rabouter les voix qu'on trouve aujourd'hui remplies de componction et d'emphase d'un Claudel, d'un Malraux, d'un De Gaulle, mais dont les périodes amples et tenues impressionnaient, et les voix faussées des freluquets qui paraissent sur les plateaux « culturels », avec leur syntaxe désarticulée et leur vocabulaire approximatif ? Où sont ces visages puissants, dessinés, comme autant de têtes inoubliables des gens qui firent le théâtre et le film des années 50 comparés au vague, à l'indécision, à la fadeur et à la mollesse infantile des traits des nouvelles vedettes ?

Moins de deux générations semblent avoir suffi à mettre à bas un édifice que l'on croyait solide, édifié qu'il était depuis des siècles. À notre tour nous campons dans nos ruines, et ne sommes plus là que pour accueillir le touriste, en ce lieu que Paris est déjà, divisé entre le parc d'attractions et la maison de retraite.

Vivre tue

« Fumer nuit gravement à votre santé et celle de votre entourage », « Fumer provoque un vieillissement de la peau », « Fumer peut nuire aux spermatozoïdes et réduit la fertilité », « Fumer bouche les artères et provoque des crises cardiaques et des attaques cérébrales », « Fumer pendant la grossesse nuit à la santé de votre enfant » et, pour finir, cette mise en garde cynique : « Fumer peut entraîner une mort lente et douloureuse »… Chaque avertissement est imposé sous forme d'un petit cartouche blanc cerné de noir, comme un faire-part de deuil. Et chacun est sommé, au dos du paquet, en plus gros caractères, lancinant, du même glas : « Fumer tue. »

Quelle agence de communication particulièrement chagrine a imaginé cette campagne ? Désormais, le paquet de tabac posé sur le bureau est la version moderne du crâne posé sur l'établi de l'ermite autrefois.

La danse macabre ne s'arrête pas là. Vous voulez boire un verre ? On vous rappelle que l'abus d'alcool est néfaste à la santé. L'envie vous prend de déguster des huîtres ? Il n'y en a plus, car on aurait décelé une algue qui les rendrait dangereuses. Exemples sans fin d'un *memento mori* national. La liste serait interminable : « Ne respirez pas les fleurs, une abeille peut s'y trouver cachée. »

Les sources ont été empoisonnées. Tout plaisir est amer, et toute jouissance coupable. Comportements hypocondriaques d'une époque infiniment triste. Hier on sacrifiait sa vie quotidienne au nom d'une société communiste qui apporterait le bonheur. Dissipée l'illusion politique, l'illusion biologique impose sa vertu. La fin serait l'immortalité de l'espèce, que la génétique poursuit avec patience. Le coût à payer serait de vivre dans la macération. L'État s'est changé en un grotesque Docteur Knock coupant la chique, le vin et les autres plaisirs au brave tambour de ville.

Je garde en moi la nostalgie de ces débits de tabac où la pénombre, le calme et les odeurs incitaient à traînasser. À Bruxelles, vers la Montagne aux Herbes potagères, il y avait une boutique qui ressemblait plutôt à un salon, tant les cuivres polis, les bois cirés, les miroirs, le parfum du cuir mêlé à celui des cigares et des tabacs, gros grains hollandais ou fine étoupe du Semois, dressaient un décor enchanteur. À Amsterdam aussi, du côté du Singel, parfois, d'un simple trou dans le mur s'échappaient les effluves délicats des herbes à Nicot. Même aux États-Unis, à Cambridge, tout près de Harvard Square, je me souviens de ce long hall à l'anglaise, où l'on pouvait trouver à peu près tous les tabacs du monde, de l'Europe, de l'Asie et de l'Amérique latine. On y trouvait ainsi, fort prisés des étudiants, des paquets d'un tabac brun qui ressemblait à la Gauloise et dont le nom avouait ses origines françaises, les « Cayouns », que fumaient les Acadiens émigrés, les picayounes de la Louisiane.

Un parfait art de vivre s'est développé dans tous

ces lieux, où le simple passant pouvait jouir, pour quelques sous, du raffinement du *Reform Club*. Le parfum du bonheur a longtemps été pour moi celui des *Lucky Strike* et des *Camel* que nous lançaient les jeunes Américains du haut de leur char, alors que, traversant Pantin, ils roulaient déjà vers Meaux et vers l'Allemagne.

Plus tard vint la séance de cinéma, à cinq heures de l'après-midi où, sur l'écran, l'amour, la violence et la mort dessinaient leurs figures formidables. On les distinguait au fond des fumées bleues que le projecteur traversait par à-coups, semblables aux dieux et déesses qui se cachent derrière leurs nuages, et que l'éclair de Zeus soudain dévoile.

En plus sordide : sur les quais du métro, dans les années 50, les vieux qui ramassaient les mégots et les glissaient dans des bocaux, pour en tirer la fleur de cigarettes futures. Ces précieuses reliques, jaunies, souillées de salive, pouvaient soulever le cœur, mais elles n'étaient guère différentes, quant aux vertus qu'on leur prêtait, de ces cigarettes qu'on troquait dans les camps de prisonniers contre un peu de pain.

La phobie du tabac semble le stade ultime de cette désodorisation générale de l'Occident, voulue par la petite bourgeoisie du XIXe siècle, qui fait que nous sommes devenus allergiques à toutes les fragrances, des plus fortes aux plus subtiles. Mais aimer les odeurs, c'est aimer la vie pour accepter la mort, c'est respirer ce qui est décomposition, exhalaison, vaporisation des sucs pour goûter le plaisir violent de l'éphémère, qui nous habitue à mourir.

Mais nous repoussons la mort avec horreur. Nous mourrons inodores, non pas pourtant en odeur de sainteté, puisque nous n'aurons pas vécu.

Les sociétés les plus sévères, les Hollandais du Siècle d'Or, ont aimé les tabagies et les bamboches. On s'enivrait déjà d'une herbe fort semblable à la marijuana, car elle était plus souvent du chanvre indien que du gros gris. Les vanités, dans des temps plus heureux, les « vies coyes » des peintres, ne disposaient des pots vernis, pleins de tabac, de pipes et de mèches rougeoyantes, des carafes de cristal emplies de vin rouge et blanc, et des assiettes débordant des huîtres de Zélande, moins pour rappeler les maux divers qui pouvaient résulter de leur consommation, que pour faire admirer, par les plus subtiles illusions que l'art peut provoquer, la couleur, la texture et quasiment le goût, et rappeler qu'il était toujours temps d'en user, avant que la mort ne vous poigne.

Pareille richesse et pareille joie méritaient-elles cette grossière mortification ? Fumer, c'était aussi tout un répertoire de gestes d'une grande élégance, qui permettait la vie en société, les secrets, les échanges, les rencontres. Apprendre à fumer, c'était apprendre à bouger, apprendre à parler, apprendre à vivre.

À vrai dire, ce n'est jamais que dans les publications national-socialistes des années 30, consacrées à l'hygiène de la race, que j'ai pu lire des injonctions et des menaces pareilles à celles de nos modernes paquets de tabac. Hitler ne fumait pas, ne buvait pas, était végétarien et sa gestuelle d'homme hygiénique était d'une confondante pauvreté. Ce « devoir d'être en bonne santé », inlassablement rappelé aux citoyens des régimes démocratiques modernes, finit par rappeler fâcheusement les injonctions du *Heilkunde* du totalitarisme médical du IIIe Reich allemand.

La crémation de la première cigarette avait été l'initiation pour pénétrer dans le monde des grands, et l'odeur valait la fumée des graisses de l'animal brûlé sur l'autel. Chaque jour qui suivrait, pour être vraiment vécu, supposerait la répétition du rituel, pareil à la communion des saints. La dernière cigarette, celle qu'on accorde au condamné, serait le dernier souffle de la vie qu'on aspirait avant de plonger dans la mort. Fallait-il réduire cet admirable symbolisme du *pneuma* à un simple problème de pneumologie ?

Cire anatomique

Zoran Music est mort finalement de sa dure mort, comme les morts de Dachau dont il avait non seulement dessiné mais décrit l'agonie : « La bouche entr'ouverte dans la tentative désespérée de happer encore un peu d'air… » I. m'a dit aussi qu'il avait les bras en croix, dans la position où l'avaient laissé les perfusions, comme si les seringues de la modernité avaient remplacé les clous de la crucifixion. Pour parfaire la scène, des hémorragies multiples, depuis quelques jours, ont laissé des taches rouge sombre sur les paumes des mains, et piqueté les jambes et le corps comme du moribond de Grünewald.

Mais là où les cadavres à Dachau étaient entassés tête bêche dans les grossières caisses en bois, le corps ici a été disposé dans un cercueil poli et laqué, les mains croisées, et enveloppé délicatement dans la soie et la dentelle, enfin recouvert d'une gaze légère. Tous ces soins aux morts apparaissent aujourd'hui dérisoires et presque ridicules à nos contemporains alors que j'y vois soudain la marque de respect sans laquelle les vivants provisoires que nous sommes retourneront vite et sans le soupçonner à la barbarie du garde-chiourme nazi.

Pendant le transport de la bière, le corps est si ballotté sur les pavés inégaux de San Michele que j'ai peur un moment qu'il ne se casse et je suis sur le point d'alerter les croque-morts. Absurde, la réaction est née, j'en prends conscience, de l'impression glaçante que j'ai eue à découvrir la dépouille : un corps inconnu, plus lisse et plus parfait que le visage que j'avais aimé, un corps de cire s'était substitué au corps de chair, et ce dernier non seulement en avait désormais la couleur, mais aussi pris l'apparence de la fragilité.

La première pierre

San Michele. Étrange effet de marcher sur ce sol fait presque tout entier de dalles funéraires. Ces plaques de marbre, pressées les unes contre les autres comme les pierres taillées d'un édifice, rappellent l'origine du mot « monument », le mémorial, le *memini* de l'esprit qui se souvient. L'exemple premier, le plus simple, le plus évident, est la pierre tombale. C'est sur les tombeaux des morts que se sont bâties les cultures.

Le vertige est ici d'autant plus fort que ces plaques sont des calcaires à gryphée, très dures, à peine entamées par les millions de pas qui se sont succédé à leur surface depuis des siècles, et l'on y distingue des fossiles, enroulés sur eux-mêmes comme de gros ressorts, qui renvoient à la machinerie inimaginable du Temps.

Dans les derniers mois de sa vie, Zoran ne parlait plus que slovène, comme s'il avait oublié les autres langues qu'en citoyen de l'ancien Empire il parlait couramment, et non sans élégance. Ignorant désormais l'italien, le français, l'allemand, le russe, l'espagnol, il ne s'exprimait plus que dans sa langue maternelle, comme si toutes les superstructures, là aussi, l'une après l'autre, et dans un sens inverse de celui de leur édification, s'étaient effondrées, délitées, avaient été effacées, arasées, et qu'il ne restât plus, indestructibles, que ces premiers mots qu'il avait entendus à sa naissance. Plus encore que, dans l'image des ruines de Rome, la métaphore de la conservation des souvenirs selon Freud, il y a, dans ce résidu indestructible d'un langage maternel, alors que tout autour a été dévasté, la preuve d'une impression ou plutôt d'une empreinte première, une sorte d'imprégnation pareille à celle des oiseaux, qui résiste à toutes les amnésies et à toutes les usures, la dernière chose dont on se souvienne encore, avant la tombe, le mot premier, la pierre sur laquelle, la vie durant, s'est bâti tout l'édifice.

Tourisme culturel

Vêtues d'un pantalon court découvrant des cuisses boudinées, d'un tricot brodé au dos et sur le sein d'une invite équivoque, elles sont désormais partout.

Elles ont un sac informe aux épaules, de grosses chaussures aux pieds et des chaussettes retournées au mollet. À la main, elles n'ont pas l'alpenstock, mais un cornet à glace, qu'elles lèchent avec constance. Un chapeau de paille tout rond sur la tête, noué sous le cou, elles partent gravir des Himalaya de culture qu'un guide leur aura indiqués : les églises, les musées, les châteaux. Elles rêvent d'accéder aux sommets de l'Histoire, au moment même qu'elles retombent en enfance. Elles vont par deux, par trois, parlent beaucoup, s'étourdissent. Quel âge ont-elles ? Autrefois, leurs semblables, au fond d'un fauteuil à carre, brodaient, cousaient, lisaient des livres édifiants et caressaient, émues, les derniers-nés.

*

Les femmes aiment les miroirs et les hommes aiment la mort.

Le sablier

J'aidais ce matin Ida, Laura et la cuisinière à écosser l'énorme saladier de petits pois qui viendront parfumer le *risotto* du soir. Souvenir d'enfance, mais aussi retrouvaille d'un plaisir singulier. La coque qui se brise sous le doigt, le fil qu'on attrape, qui s'enroule comme un cheveu, et qu'on tire sans le casser, libérant les petits corps ronds dont on détache les pédoncules, le doigt mouillé et l'odeur forte soudain : instants successifs d'une petite naissance, dont on se trouve être la sage-femme infatigable.

À mesure que les petits pois, entraînés par la pesanteur, roulent comme les astres dans l'abîme et s'entassent dans le pot comme les grains dans l'ampoule d'un sablier, on soupçonne que le plaisir du haricot qu'on écosse, c'est d'ouvrir aux mystères des gravitations cosmiques et des horloges terrestres. Le modeste haricot recèle en sa coque les secrets de l'espace et du temps.

En italien, on dit *sgranare i bisi*, comme on dit égrener un rosaire. Cela évoque aussi le tournis incessant du chapelet du musulman, et participe de la même méditation méticuleuse, un peu maniaque, guère éloignée de la prière.

Les anciennes théologies avançaient que le monde ne subsiste que parce que Dieu, à chaque instant, pense à lui, le crée à tout instant, compte avec lui, égrène indéfiniment son Temps, comme une petite fille le collier qu'elle mettra à son cou.

Qui sait si le fait d'écosser des petits pois, dans son humble apparat domestique, ne relève pas de la même sauvegarde ? Dans tous les lieux où l'existence est menacée, dans les hôpitaux psychiatriques et dans les prisons, le malheureux recourt souvent au subterfuge d'un geste machinal et indéfiniment répété, une comptine pour compter les instants, et conserver ainsi un lien avec une vie qui ne tient plus, il est vrai, qu'à un fil.

Une Cacanie vénitienne

C'est non loin du Rialto, une petite boutique de charcuterie, ou plutôt de *Delikatessen*. On y vend de succulents produits qui mélangent les légumes les plus savoureux de la Vénétie aux viandes les plus élaborées de la vieille Autriche-Hongrie. Ils portent des noms qui mélangent eux aussi les mots du patois vénitien et du dialecte autrichien. Ce sont ainsi les *castraure*, « les castrés », petits artichauts ainsi nommés en raison de leur tige coupée surmontée du thyrse de leurs feuilles violettes. Ils sont ramassés à Sant'Erasmo — l'île où poussent dans le sable ces merveilles — et viennent ici truffer ces boulettes épicées qu'on trouve d'ordinaire au marché de la *Wienzeile* sous le nom de *Knödel*. Et encore : les *polpettine carciofi* et *speck*, ou bien *radicchio* et *salsiccia*, et mieux : *Cordon blaeu* et *spinaccine*. Ce lieu étonnant où la jeune République lagunaire rend hommage à la Cacanie disparue se trouve, est-ce un hasard vraiment, au coin de la *Calle Cesare Battisti già della Bella Vienna*.

*

Dans vingt ans mon amour
Dans vingt ou dans quarante,
Quand nous ne serons plus,
Le lent motoscafo
Que nous voyons le soir
Traverser la lagune
Traversera toujours
Les mêmes flots.

Apparitions

Durant la nuit, surtout vers le petit matin, quand les frontières deviennent indécises, il y a parfois une telle osmose entre l'être éveillé et le rêveur, qu'il suffit que le premier évoque un personnage pour que le second, quelques instants plus tard, le dresse dans le songe comme si, convoqué, il avait répondu à l'appel.

Pulsion de mort

En Inde, la coutume veut qu'une veuve n'assiste jamais aux célébrations de la naissance d'un enfant, de peur qu'elle n'apporte le « mauvais œil ». Elle me paraît plus choquante encore que la pratique, toujours en usage, qui fait que la veuve se jette volontairement sur le bûcher funéraire de son mari défunt.

Combien la religion chrétienne semble alors une religion d'amour, quoi qu'en pensent les dangereux idiots qui tiennent boutique d'« athéologie » et font profession de haine antichrétienne. Je ne connais en fait aucune autre religion que la religion catholique qui ait porté à ce point de tendresse la vision de la femme, de l'enfant, et la vie.

Les images de la maternité, les madones à l'enfant, les veuves au pied de la croix et, plus énigmatique et bouleversante encore, l'image de la *Pietà*, cet enfant mort de trente-trois ans, allongé, saisi par la raideur cadavérique, sur le giron de sa mère, sont sans exemple ailleurs.

L'Église, quand elle s'oppose à l'avortement, à la libre disposition de l'embryon, ou carrément refuse un supposé « droit à la mort », ne fait que rappeler un amour de la vie dont aucun des aspects n'est « négociable » et qui, au demeurant, mais on veut l'oublier, a forgé notre culture. L'eugénisme et l'euthanasie, qu'on pousse aujourd'hui sous couvert de progressisme et d'hygiène sociale, relèvent en fait d'une vision orientale qui nous est étrangère. Ou du moins qui l'était. Elle semble aujourd'hui gagner, à mesure que le bouddhisme et autres disciplines de « détachement » se sont infiltrés dans nos mœurs.

Il faudrait à cet égard mieux étudier comment l'idéologie du national-socialisme, avec sa croyance au *karma* et son culte du soleil noir, sa mythologie des « Aryens » et des « artamanes », s'est formée sous une influence indianiste venue de Helena Blavatsky et autres charlatans fin de siècle, mais aussi, chez les plus cultivés de ses tenants, de Schopenhauer et de Nietzsche. On y cultive le mépris de la vie, en tant qu'elle est genèse, accomplissement et histoire, autant qu'on y exalte la race.

Le but premier du nazisme était à cet égard aussi bien la destruction des églises chrétiennes que la destruction de la Synagogue. Et Freud, en inventant la « pulsion de mort », inspiré par ces deux auteurs, par Schopenhauer surtout, avait mieux saisi, sans doute en raison de sa morale judaïque, ce qu'elle dissimulait vraiment.

La culture du Ministère (4)

Reçu ce matin une nouvelle perle de culture du Ministère. Consacrée à la notation des agents, elle s'intitule : « Notice explicative post-préharmonisation (*sic*). » « La préharmonisation, dit-elle, consiste à utiliser (à l'intérieur d'un corps) les décimales des quotas 3 mois et 1 mois de chaque établissement pour faire des entiers et donner, au moins un peu, à ceux qui n'auraient eu aucune bonification, compte tenu de leurs propres quotas. Elle permet également, par la mutualisation, de redonner de la souplesse et d'échanger 1 mois contre 3 ou le contraire autant que la somme des demandes le permet. [...] Si vous acceptez le résultat de la préharmonisation, vous pouvez faire signer aux agents concernés leur notation. Le cas échéant avec une note rectifiée (0,50 = 0,49 si 3 mois demandés/1 mois obtenu ; 0,50 = 0,24 si 3 mois demandés/0 obtenu : 0,25 = 0,24 si 1 mois demandé/0 obtenu...

« Si vous n'acceptez pas le résultat de la préharmonisation, je reste à votre disposition pour en discuter et, à défaut de solutions miracles, qui n'existent pas, pour concevoir avec vous une stratégie pour l'avenir. »

Pareil casse-tête, établi après des jours de réunions syndicales avec représentants du personnel, Administration et Ministère, n'a pour objet, démentant la directive de noter les agents « au mérite », de « mutualiser » au contraire, en « donnant au moins un peu » à tout le monde, donc de parvenir à une notation si nivelée que les fiches, à peine consultées, vont au panier.

Venise vortex : rien de plus impressionnant que ces orages, les soirs d'été, qui roulent des heures durant autour de la cité sans éclater. On les entend gronder comme de grands fauves tournant autour de leur proie.

Orientées vers le midi, les *Zattere* déroulent une vaste terrasse face au canal de la Giudecca, qui offre un climat si doux qu'au cœur même de l'hiver, les jours de soleil, on peut y déjeuner dehors. Une petite Riviera.

Protégée, la *fondamenta* est pourtant tout entière, d'une extrémité à l'autre, placée sous le signe des météores. À l'orient, à sa pointe tournée vers le large, c'est la Douane que surmonte la Fortune, en équilibre sur sa sphère dorée. Selon la direction des courants, zéphyr ou mélanborée, elle offre au visiteur la vision de ses fesses rebondies ou celle de son visage potelé, et elle suit, en dansant et en virevoltant, les orages et leur lent carrousel.

La Pointe de la Douane, plus généralement, est le lieu géométrique où se recoupent les tracés principaux de l'archipel, et elle en est comme le centre de gravité magnétique. Suivant à travers le Grand Bassin la ligne droite qui unit sa tour à l'église de San Giorgio Maggiore, on peut aller découvrir dans le chœur de celle-ci l'étonnant ouvrage que Campagna y bâtit à la fin du XVIe siècle. Là, en position centrale dans l'église blanche de Palladio, supportée par les quatre Évangélistes de bronze disposés comme les arêtes d'un cube, s'élève une sphère de cuivre, en écho à la boule d'équilibriste de la Fortune, sur laquelle se dresse le Père Éternel. On songe aux polyèdres réguliers dans lesquels Kepler, à la même époque, avait inscrit les sphères emboîtées des diverses planètes.

À l'autre bord des *Zattere*, au couchant, juste avant d'arriver aux débarcadères où accostent les grands navires, la *fondamenta* se termine sur un autre phénomène atmosphérique avec la rue dite « du vent », la *Calle del Vento*. Il s'en échappe en effet, continûment, un petit vent violent.

Entre ces deux pôles, qui semblent distribuer les tourbillons aériens, la bora glacée qui vient du Carso, et le sirocco brûlant qui vient du désert, les *Zattere*, à l'abri des caprices des éléments, offrent, hiver comme été, un abri propice au farniente.

Quelle autre ville peut opposer et unir à ce point et en si peu d'espace deux principes contraires ? Au nord, bordée par les *Fondamente Nove*, c'est la cité du silence et de la solitude, qui se termine par l'hôpital et par le cimetière. Pourtant, certains jours glacés et cristallins d'hiver, elle laisse voir au loin le cirque neigeux des Alpes que Titien dépeignait.

Une eau morte la baigne, peu profonde, où l'on ramasse encore aujourd'hui les coques, les petits crabes mous et les cigales de mer. Le soir, les rues sont désertes à partir de dix heures.

Et puis, passé les ponts du Rialto et de l'Accademia, au sud, bordée par les *Zattere*, on pénètre dans la Venise joyeuse, affairée, bruyante, commerçante, étudiante, une sorte de rive gauche, de Quartier latin, de San Polo au Dorsoduro, que longe un canal assez profond pour permettre aux grands navires de venir accoster.

Cette double polarité de Venise, brûlante ou glacée, son côté ensoleillé et son côté ombreux, cité grossière et délicate, rustique et raffinée, boudoir et bordel, presqu'île de l'Occident et porte vers la Chine, Venise terrestre et liquide, cette oscillation perpétuelle, un signe évident l'indique au regard qui traverse le hublot de l'avion qui la survole : le Yin et le Yang que dessine le Grand Canal, dont le tracé en S divise la ville en deux moitiés égales et symétriques.

Victimes

Trois minutes de silence, au milieu des danses du ventre et du vacarme assourdissant, ont été demandées par les organisateurs de la *Gay Pride*, « au nom des victimes du SIDA ». C'est vrai que la plupart sont beaux comme des dieux antiques, et qu'ils espèrent des dieux le privilège de l'immortalité. Haussés sur leurs chars tels des Apollon, refermés sur leur perfection comme le fils du dieu du Céphise et de la nymphe Liriopé, n'ayant plus souci d'engendrer car se complaisant à eux-mêmes, ils ont le sentiment, du haut de leur splendeur stérile et de leur jeunesse éternelle, d'appartenir à une Académie qui devrait ignorer la souffrance et la mort.

Combien de minutes faudrait-il cependant observer au nom de ces millions de simples mortels, victimes à chaque seconde dans le monde de faim, de froid, de tuberculose, de paludisme, de misère en général ? Un grand silence, un recueillement total, peut-être.

Pèlerinage

Besoin de partir loin pour un temps court. Amsterdam dans la journée, Venise en aller-retour, Washington même, entre un soir et un matin, comme je l'ai fait récemment : n'y passer que trois heures et réembarquer dans l'avion qui m'y avait conduit. Fantaisie d'un dandy désœuvré, acrobatie d'un homme occupé, inquiétude d'un homme qui sent le temps lui manquer… Mais je ne pars pas au diable et si vite pour conclure un contrat, rencontrer quelqu'un, voir ou me remémorer un lieu célèbre. J'y vais pour vérifier, au mépris de toute raison, que ce lieu, au loin, existe. Et je n'aurai de cesse qu'une fois la vérification faite.

L'absurdité du propos ne m'arrête pas. J'ai besoin de voir, voir de mes yeux voir, que ces lieux que j'ai connus n'ont pas cessé d'être. Il me faut soudain, pris d'une névrose, vérifier qu'à des centaines ou des milliers de kilomètres de là, des villes, des places, des rues, des maisons continuent d'être, avec leur rythme, leur odeur, leurs lumières, leurs habitants, qu'elles sont encore là en ce moment même où je pense à elles, et qu'elles n'ont jamais cessé d'être alors que je ne les regardais plus. Il me faut, *de visu*, vérifier que dans l'immensité de la planète, elles ne sont pas un souvenir lointain ou un point minuscule sur le planisphère, mais un endroit toujours aussi vivant, humain, particulier que celui où je me trouve en cet instant. Acquérir la certitude d'une parfaite simultanéité de toutes ces existences à travers l'espace me remplit d'une joie inexplicable. C'est un miracle qui relève d'une réincarnation. Les choses sont en ordre.

Bien sûr, je retrouve avec plaisir la présence du *Cagalibri* sur le Campo Santo Stefano de Venise, l'étal parfumé des fruits orientaux au marché de la *Wienzeile* à Vienne et, au coin de la Spiegelstraat et du Prinsengracht, à Amsterdam, toujours ouvert, le petit café « Hans & Gretje ». Ce plaisir de la reconnaissance est moins important pourtant que le souci quasi scientifique de vérifier, à partir de quelques exemples, l'indice d'une permanence générale du monde, comme, à travers un échantillon, on éprouve la tenue d'un tissu.

S'attarder serait sans but. Au pire, serait distraction, dissipation, manque de sérieux. Je connais ces lieux par cœur. Un coup d'œil suffit, mais rapide et précis, il m'est nécessaire. Je ne revis pas des instants, et moins encore n'ai envie de les prolonger par de nouvelles impressions. J'ai besoin de m'assurer, alors que tant de ceux que j'ai aimés sont morts, que les chemins qui me conduisaient vers eux dans l'immensité de l'espace sont toujours là et qu'ils sont, de loin en loin, indiqués par les mêmes balises.

Le ressort est moins nostalgique que métaphysique : si l'on ne peut pas compter sur les humains qui vous quittent, peut-on compter sur les choses qui demeurent ? Ce qui n'était pour le philosophe que la réflexion abstraite d'un être-là devient élan du corps qui me pousse à franchir des milliers de kilomètres pour apaiser mon inquiétude.

Délire des grandeurs ? J'accomplis ces pèlerinages avec la même gravité que Dieu le Père soutenant à chaque instant par sa pensée l'existence du monde dont il a la charge.

L'Esprit Saint

Je repense à la statue de Nicolo Tommaseo, patriote et homme de lettres, le *Cagalibri*, le chieur de livres, comme l'appellent les Vénitiens. Il est au naturalisme du Risorgimento ce qu'est *Le Penseur* de Rodin au symbolisme parisien fin de siècle. Debout, pensif, il appuie son céans sur la pile de livres qu'il a pondus. La verve populaire a vu en lui ce qu'elle s'amuse à voir dans la statue de Rodin : un homme qui « pousse » sa pensée sans réussir à la faire sortir. Tous deux, mélancoliques, trahissent le lien, connu depuis Galien, entre humeur noire, intellectualité et désordres intestinaux. Le *Cagalibri* sert d'ailleurs le plus souvent de perchoir à un pigeon, qui couvre sans effort quant à lui son noble chef de fiente. Il ressemble au goéland dans la lagune, perché sur sa *palina*, ou rappelle cette représentation de la mélancolie d'après Cesare Ripa, d'un vieil homme plongé dans ses livres et qui veut toujours, perché *in capo, un uccello solitario*. J'oserais rapprocher cette iconographie qui oscille entre la digestion et l'envol, l'humeur noire et l'exaltation, la concoction et la sublimation, le point terminal et très républicain, de l'ancienne imagerie de Dieu le Père servant de perchoir à l'Esprit Saint.

Belphégor

La dernière lubie des musées, c'est d'élargir leur pratique. Celle-ci, nous dit-on, va s'étendre non seulement aux tout jeunes enfants, mais encore aux « malvoyants », comme ils disent, aux « malentendants » et aux handicapés de toute nature.

Je n'ai aucun mépris, ni d'ailleurs aucun intérêt spécial, pour ces catégories. J'aime les enfants, j'aide à l'occasion les aveugles à traverser la rue, je parle plus fort à l'intention des sourds, et je pousse le fauteuil roulant de l'infirme dans l'autobus, si le besoin s'en vient.

Mais cette bruyante sollicitude des directeurs de musées relève d'un autre intérêt que l'intérêt humain pour autrui, qui va jusqu'à offrir, au Louvre, comme je viens de le lire dans le journal, un « espace tactile » destiné aux aveugles. Il y a là un *hybris* qui fait qu'on doit s'interroger à nouveau sur le sens et la fonction des musées, et sur la nature des œuvres qu'ils recueillent.

Jadis, c'est l'Église, d'après la parole du Christ, qui prenait soin des petits enfants. Et c'était son devoir de miséricorde de porter secours aux déshérités, les pauvres, les infirmes, les aveugles, les stropiats, pour qui elle devenait le viatique.

Aujourd'hui, on voudrait croire que c'est par la grâce du musée que les aveugles verront et que les sourds entendront. Aucun chef-d'œuvre n'a pourtant jamais ressuscité Lazare. Un musée n'est qu'un lieu de dilection comme un autre, pas un lieu de guérison ni de rédemption miraculeuse.

Pareille tromperie n'est que la phase terminale d'un très long processus de divinisation, d'exaltation, ou d'hystérisation de l'institution muséale. Je suis plutôt tenté d'y voir une dégradation. Nous avons fait des musées des instruments de pillage et de recel, vidant les statues, les retables, les tableaux des confréries, des congrégations et des tombeaux, pour les thésauriser sur leurs murs égaux et, de ces objets de culte, faire des objets culturels, qu'on voudrait à leur tour porteurs d'un absolu qu'on appelle « art ». Ils seraient doués des propriétés thaumaturges que possédaient les anciennes reliques. Les musées, reliquaires d'un style rationnel, ont fait d'objets qu'on vénérait des objets qu'on croit admirer. Le stade esthétique comme stade suprême de la religion.

C'est en effet par un extravagant tour de passe-passe, opéré à la faveur de cette réduction du culte à la culture, qu'on a imposé le dogme nouveau : les pratiques de la culture auraient les mêmes vertus que les ferveurs de la religion défunte, et l'œuvre, débarrassée des superstitions qui lui avaient donné naissance, offrirait d'autant mieux au spectateur, fût-il aveugle, un salut préférable à la grâce, celle que les madones ou les saints de bois colorés de siècles trop crédules accordaient au fidèle.

Van Eyck, Memling, Michel-Ange ou Raphaël, qui hier peignaient pour Dieu, aujourd'hui pourraient opérer par eux-mêmes, devenus détenteurs des pouvoirs dont ils n'étaient jusque-là que les simples locataires, fussent-ils des génies. Ils auraient acquis, même et surtout aux yeux des malvoyants, les pouvoirs des saints guérisseurs et parfois, dans l'art qu'on dit moderne, le halo des saints martyrs et des intercesseurs, portant sur eux toute la douleur du monde, quand ils ont nom Vincent Van Gogh ou Frida Kahlo.

Les esprits éclairés d'aujourd'hui attendent du Louvre ce qu'attendait de Lourdes un peuple dévot, à la fin d'un autre siècle. S'immerger dans l'art vaudrait les bains dans la piscine miraculeuse. Processionner avec lenteur dans la Grande Galerie vous ouvrirait les portes de la guérison.

« Laissez venir à moi les petits enfants, les vieillards, les infirmes, ceux qui ne voient pas et qui n'entendent rien, répètent les faux apôtres de la Communication culturelle et du Développement, et ils connaîtront l'illumination. »

La nuit des étoiles

Mieux que promouvoir les Fêtes de la Musique et les Nuits des Musées, ne devrait-on pas créer une nuit sans lumière, sans phares, sans vitrines, sans signaux, une nuit où Paris serait plongé dans le noir, un *black-out* absolu, pour rappeler aux habitants, une fois par an au moins, que le ciel existe au-dessus de leur tête, et pouvoir comme Dante, au sortir de l'Enfer, *riveder le stelle* ?

À grande vitesse

Les Français sont devenus assez indifférents à la beauté de leurs paysages et assez grossiers de leur palais pour qu'on les soupçonne de n'avoir inventé le TGV que pour ne plus rien voir des premiers et pour mortifier le second. Voyager est devenu une purge, qu'il faut opérer au plus vite. Et les peintures du *Train Bleu* ne sont plus que les souvenirs nostalgiques d'un art de se déplacer qui mêlait les plaisirs de l'œil et ceux de la nourriture.

Le Panier

Lu sur un mur, dans le quartier du Panier, à Marseille, cette déclaration dont je respecte la graphie : « Les filles c'est comme de la chaucette, tu troue et tu gaïte. » J'ai cru d'abord que « gaïter », conformément à l'usage des chaussettes, voulait dire en marseillais quelque chose comme « mettre » ou « enfiler ». Mais non, le mot viendrait du *gaudere* latin, jouir. Freud n'avait pas compté les chaussettes parmi les « plus communs rabaissements de la vie amoureuse ».

Le paradis, encore

Rue de la Perle, la couche de peinture noire qui recouvrait la marelle et sa « meuf » commence de s'écailler sous l'érosion des pas. Et sous elle, intact, réapparaît le fragile dessin à la craie blanche qu'avaient fait les enfants. C'est comme des nuages qui se déchirent pour laisser voir l'éclat des empyrées.

Floraison

En ce moment, fin juin, on est frappé par le nombre de jeunes femmes enceintes, sur le point d'accoucher, portant avec fierté leur ventre et leurs seins ronds. Les progrès du *planning* familial auront permis à l'être humain d'accéder au rang de végétal. Il ne s'épanouit désormais comme les fleurs qu'à un moment précis de l'année.

Le plus curieux, dans cette multiplication, relève cependant des astres et des dieux, non de l'échelle des êtres. Bientôt tous les enfants seront nés sous le signe du Lion, ce qui promet une grande monotonie du zodiaque. Surtout, la naissance programmée des générations se fera au solstice d'été. Or, le *Sol invictus* et l'Enfant Sauveur sont célébrés au solstice d'hiver, lorsque le vieux soleil se renouvelle.

Je n'oserai interpréter comme un mauvais présage, comme tout renversement de l'ordre des choses, ce renversement des almanachs, sinon à penser que nous tenons pour acquis, non sans aveuglement, ce qui commence à décliner. Nés au zénith, les enfants grandiront selon le cours descendant du soleil, et non plus ascendant.

*

Le problème n'est pas : « il n'y a plus d'écrivains », le problème est qu'il n'y a plus de lecteurs. Si la question manque, comment risquer la réponse ?

AUTOMNE

Les vers luisants

Alors que le soir tombe dans la chambre, sortent de l'ombre des vers luisants. Les uns sont verts et d'autres rouges. C'est tout ce qui reste des machines qui servirent à communiquer pendant le jour, téléphone, télévision, ordinateur, imprimante, cadrans lumineux… Ces voyants disséminés dans la nuit sont pareils à la veilleuse des petits enfants qui les rassure quand elle brûle, en nous rappelant que le monde continue à vivre, à transmettre, à communiquer, à se signaler durant notre sommeil.

Les sosies

Expérience troublante de croiser dans la rue le sosie de quelqu'un qu'on a connu. On va vers l'apparition, on lui sourit, on s'apprête à lui tendre la main mais, face à l'étonnement du revenant qui s'approche, on est saisi d'un doute. Un rapide calcul mental vous apprend que cet homme, qui fut votre professeur de lycée il y a cinquante ou soixante ans, aurait aujourd'hui plus de cent dix ou cent vingt ans. On s'était soi-même rajeuni d'autant, retrouvant en un clin d'œil l'émotion de ce temps-là. La puissance du souvenir a immobilisé les visages du temps passé sous les traits d'autrefois, et le passant qu'on a cru reconnaître n'était qu'un fantôme.

On peut avancer des explications fantasmagoriques à pareille fausse reconnaissance, évoquer les spectres, Saint Germain, Cagliostro, Ahasvérus peut-être. Mais ces hautes figures à propos de ce sosie tranquille et effacé qui, au lycée, vous faisait lire Baudelaire, sont bientôt renvoyées aux Enfers.

Une autre explication ne serait pas moins étonnante : le monde étant infini mais les matériaux qui le composent étant en nombre fini, il résulte que la quantité des combinaisons qui forment un être, si élevée soit-elle, est limitée et que, par conséquent, tout se répète et tout fait retour, les événements comme les êtres humains. C'est l'hypothèse de Blanqui. Mais elle ne vaut que pour des vies qui seraient elles-mêmes infinies.

Bien sûr, dans le cas d'un être vivant, elle acquiert quelque consistance, si l'on considère que le nombre des gènes qui façonnent la forme d'un individu est suffisamment limité pour que la probabilité de voir se répéter la même combinaison, ou presque la même, apparaisse assez forte.

L'expérience devient bouleversante quand c'est son propre sosie qu'on rencontre. On y rencontre sa mort, dit-on. C'est en effet le néant de la réduplication à l'identique d'un être que l'on croyait unique qui se montre à nos yeux. Il n'aura pas vécu la même vie, et vous prendra donc vous-même comme un faux. C'est Narcisse se mourant de désespoir à découvrir l'impossibilité d'aimer son reflet.

Bonheur d'écriture

Écrire, chercher ses mots, trouver l'expression juste et la cadence heureuse, s'apparente à la chasse. Il faut saisir le gibier sans l'effrayer. Cela suppose de ne pas courir après la proie, mais de la contourner, à pas de velours. Il faut éviter d'y penser, il faut l'ignorer, en faire le point aveugle dans le champ de la pensée, de sorte à ne pas brouiller le vaste domaine sémantique dans lequel elle s'inscrit et dans lequel elle se cache. C'est à l'improviste, surpris, quand on traçait autour d'elle un grand cercle, qu'elle va, d'elle-même, se jeter dans vos filets. Il y a là une sorte de semi-conscience, ou de sommeil attentif, bien proche de l'attention flottante de l'analyse, qui tend à s'accorder à la délicate et fragile structure du langage, qu'un rien suffit à briser.

*

Conséquence de la « culture » de communication et des *mass media* : on confond de plus en plus souvent « populaire » et « célèbre ». Les deux termes sont cependant antagonistes.

Libido

À mesure qu'on avance en âge et que l'*éros* se fait moins insistant, on a parfois, de courts instants, comme si les yeux se dessillaient, l'impression de voir, dans la silhouette d'une femme qui passe dans la rue, non plus l'objet du désir qui nous jetait après elle, mais simplement ce qu'elle est aux yeux indifférents de la Nature, un mammifère. La courbure du dos, naguère objet de tant de fantasmes, n'est plus que la posture forcée et trop souvent douloureuse d'un quadripède qui n'a pas tout à fait réussi à se redresser. Les attributs précieux qu'on convoitait sous le vêtement ne sont plus que ceux nécessaires à la génération. Il semble qu'on ait été le jouet, la vie durant, de ces illusions superbes que le *bios* entretient en nous, dans sa volonté aveugle de perpétuer l'espèce.

Ces impressions de moine acédiaque se dissipent aussitôt d'elles-mêmes : elles auront moins été les fruits d'une lucidité cruelle que de ces autres illusions nées du désenchantement du corps. L'être humain d'aujourd'hui revient vite habiter le corps de l'animal disparu.

Les sociétés traditionnelles confiaient à ceux que les passions physiques ne tourmentaient plus trop le soin de la cité. Archontes et hiérarques pouvaient jeter sur les affaires un regard assez détaché pour qu'on ne les soupçonnât pas de corruption. Ils étaient la sagesse même, faite d'expérience et de désintérêt. La mode actuelle serait plutôt de se méfier de ceux qui, malgré les adjuvants chimiques, ne participent plus de la sexualité généralisée. Accéder aux responsabilités désormais suppose une complicité dans la satisfaction des sens. On ne saurait faire crédit à quelqu'un qui ne regarde pas *Pink TV* ou ne se laisse pas tutoyer sur le plateau d'une chaîne publique. Retraites anticipées et discriminations par l'âge sont devenues les deux règles d'une société qui se veut follement juvénile. Gouvernement énergumène, pour user d'un mot que Paul Valéry appliquait à l'*éros*.

Habiter

Sens esthétique des hirondelles. Les figures fulgurantes que dessinent leurs nuées, dans une explosion de cris aigus, s'inscrivent toujours à l'aplomb, et souvent dans l'enclos de beaux et anciens bâtiments. Balivernes, illusion, dira l'éthologue : elles ne recherchent que le lieu où nidifier, le recoin protecteur que les immeubles modernes ne leur permettent pas de construire.

Le permettent-ils à nous humains ? La laideur urbaine est aussi un refus permanent opposé à notre besoin d'habiter le monde. C'est « le monde en laid » selon Baudelaire, l'opposé de l'urbanité. Les « murs peints », les pseudo-sculptures modernes, qui s'inscrivent entre les quatre murs des cités, sont les preuves misérables de notre incapacité à nicher.

La bataille de Lépante

Je regardais hier soir ce film étrange et assez terrifiant de John Carpenter qui s'appelle *Invasion Los Angeles*. La sempiternelle histoire des envahisseurs qui prennent l'apparence des humains, l'ennemi invisible qu'on croise dans la rue, auprès de qui on mange au restaurant, et dont on partage parfois la vie la plus intime. Seul le héros du film possède le pouvoir de voir leur véritable aspect, et entreprend en solitaire la tâche impossible de les exterminer. Il est le dernier des hommes dans un peuple de monstres.

Si le ressort est convenu, son efficacité tient au fait qu'il introduit un doute perpétuel au sein des apparences paisibles d'un jour ordinaire. Passé l'instant d'effroi, le monstre, au fond, rassure : il est tout autre que vous, il est d'un autre règne. Mais que votre assassin soit votre voisin, fondu dans la foule, soulève une autre angoisse.

La fable vaut bien sûr pour les attentats de Londres, dont on découvre avec stupéfaction qu'ils ont été commis par l'habitant d'en face.

Ernst Jünger, je ne sais où, rappelant le voyage du Comte de Champagne au pays des Haschischins et comment le despote ordonna à ses gardes de se précipiter dans le vide pour montrer qu'on lui obéissait mieux qu'aux princes chrétiens leurs sujets, concluait en disant qu'on est impuissant devant les méthodes des kamikazes. Une méthode de combat qui pousse le soldat à se suicider pour tuer son ennemi est imparable.

La tradition occidentale, même au plus fort de ses conflits, a toujours laissé à ses militaires, envoyés dans les missions les plus sanglantes, une chance, fût-elle infime, de s'en sortir. Le soldat accepte de mettre sa vie en jeu, non d'être envoyé à une mort certaine. Les mutins de 14 préféraient courir le risque d'être passés par les armes plutôt qu'affronter la certitude d'être fauchés dans les premières secondes de l'assaut. De même laisse-t-on toujours une chance à l'adversaire de préparer l'attaque en s'identifiant par un uniforme ou par des signes distinctifs. Une cause en revanche qui se bat dans l'ombre, ne distingue pas civils et militaires, et qui envoie ses combattants à une mort certaine, obtiendra, ne serait-ce que par un simple pari numérique, la victoire. Et elle se prévaudra, en sus de la gloire, de ceux qu'elle appellera ses martyrs.

Nous avons la faiblesse de voir dans la vie une valeur suprême, pour laquelle rien ne vaut de se sacrifier, et pour cela nous perdrons. Il n'y a plus guère aujourd'hui que les annales des Vénitiens et des Viennois pour rappeler qu'ils furent, postés aux confins d'une Europe insouciante, ceux qui la sauvèrent des Turcs.

Les effets de col ouvert du petit monde intellectuel parisien, appelant à prendre les armes pour venir en aide aux Tchétchènes, aux Afghans, aux Kosovars, ne seraient que dérisoires, s'ils ne venaient applaudir des pays dont on sait qu'ils sont les bases d'entraînement des terroristes.

Les mêmes écervelés qui, dans les années 50, applaudissaient Staline, et dans les années 70 applaudissaient Mao, aujourd'hui coiffent le keffieh. Il y a là une certaine logique suicidaire. Les massacres d'innocents de New York, de Madrid et de Londres ne sont que l'exemple ultime d'une longue histoire commencée avec les guerres révolutionnaires qui furent les premières à ne plus distinguer entre « ennemis » et « ennemis du Peuple », entre militaires et civils, entre adultes et enfants. Au nom de la Révolution comme aujourd'hui au nom du Djihad, le but est d'ignorer la distinction que la morale occidentale et chrétienne avait alors jusque-là avec plus ou moins de succès imposée, mais imposée cependant, entre hommes en armes et hommes désarmés, armées régulières et populations civiles. Si Guernica ouvre une ère nouvelle dans laquelle le bombardement remplace le sac des villes, la terreur s'inscrit cependant dans le temps délimité d'une guerre qui a été déclarée et qui aura sa fin.

Surtout, le but n'est plus ici de détruire un ennemi désigné, à l'échelle d'une brigade ou d'une division, mais d'anéantir la classe, la race ou l'infidèle, à l'échelle d'un pays, voire d'un continent. La mort n'est plus destinée à des combattants, elle vise d'abord des populations. Les guerres européennes menées d'État à État étaient des guerres fratricides — et il arrivait de fait que les armées fraternisent sur le front —, et elles furent toujours menées, tant bien que mal, selon les lois de la guerre. Les guerres révolutionnaires et religieuses de notre temps sont des génocides.

On peut craindre que les massacres opérés par ces nouveaux vainqueurs le soient à une telle échelle et de manière si sauvage que les abattoirs industriels des nationaux-socialistes, ouverts au nom de la pureté de la race, apparaîtront comme une entreprise à petite échelle. Les crimes accomplis au nom d'un Dieu qu'on croit unique sont toujours plus terribles et plus vastes que ceux commis au nom de l'idée qu'on se fait d'un Homme que l'on croit pur de sang.

Fiche d'identité

Je me souviens toujours de mon trouble quand, le premier jour de classe, le maître demandait qu'on prît une feuille de papier pour, d'une moitié, faire une fiche de renseignements. Tout allait bien jusqu'au moment où je butais sur la question « profession du père ». Profession de la mère, on pouvait en trichant écrire « sans ». Mais du père... Je ne me suis jamais vanté que mon père était cordonnier, comme font beaucoup d'intellectuels, mais que mon père était paysan me remplissait de tristesse, plus encore que de honte. Non pas de la modestie de sa condition mais parce que, l'aîné des enfants, il avait dû monter à Paris pour y connaître, pire encore, la vie d'un prolétaire émigré.

Mon père n'était pas même un ouvrier. Cariste ou mécanicien chez Renault ou Simca, il aurait joui du prestige dont s'auréolaient les représentants du peuple aux yeux de mes camarades, et dont l'éclat se reportait sur les enfants. Pauvre, j'aurais profité de cette forme d'héroïsme qu'au sortir de la guerre on accordait à la classe ouvrière et au Parti des fusillés. Au lieu de cela, il était paysan, fils d'un fermier morvandiau qui n'avait jamais possédé que deux vaches, et vivait dans une petite ferme en bordure d'une forêt. Comment avouer ce relent de fumier et d'étable ? C'était à peine mieux qu'un vagabond, un chemineau, un loqueteux, un trimardeur : les sabots, les chemins de terre, la veste de coton élimée, la soupe de châtaignes. Tout cela, même en banlieue, ne pouvait pas se dire.

Mon père était un taciturne
On disait chez lui un taiseux,
Il semblait qu'il gardait rancune
D'être parti dans les banlieues

Gagner sa vie en besogneux
Qu'il était, fils de paysan

Que suffisait à rendre heureux
La vue des plateaux du Morvan.

N'en viennent jamais, véridique ?
Que mauvais vent, mauvaise gent.
Aîné de trois, outre l'enfant
Mis par l'Assistance Publique,

Il avait quitté le bousin
Qui ne pouvait plus les nourrir
Pour s'en venir vivre à Pantin,
Périphérie triste à mourir.

Le dimanche il allait pêcher
Dans les eaux grasses du canal
L'écrevisse, ou bien, éméché,
Des Parigots disait du mal.

Son grand-père était chie-en-l'eau
Et il gardait la nostalgie
Des jours passés sur les billots,
Entre Moulin et Montargis.

Il ne savait rien de Rouvet,
L'inventeur des bois de flottage,
Dont une rue garde l'image
Non loin de là où il vivait.

Ma mère, c'était autre chose encore. J'écrivais d'elle, ce premier jour de classe, « sans profession », car comment dire qu'elle faisait des ménages pour vivre ? Elle venait de ces bocages où Victor Hugo, dans *Quatrevingt-treize*, faisait se glisser ses chouans, et finirait ses jours dans le département déshérité qui, aujourd'hui, porte aussi le numéro de 93. Mayennaise élevée dans la bigoterie des pays où l'on ne parle qu'au curé, perdue dans le fouillis des haies qu'on semblait n'avoir conservées que pour écarter les jeteurs de sorts, elle était la petite paysanne dont les sabots restaient collés l'hiver à la gadoue des chemins creux. Elle avait vingt ans quand elle avait quitté la ferme pour être placée à Paris et débarqua à Montparnasse comme la petite Bécassine s'émerveillant de tout avant que d'en pleurer.

Quand vers la fin de sa vie je lui proposais d'appeler un taxi pour la ramener chez elle, elle refusait, ne comprenant pas qu'on pût payer si cher un service qu'un ticket de métro suffisait à obtenir. Accepterait-elle, je savais qu'elle resterait en équilibre sur le coin de la banquette, inquiète et penchée en avant, n'osant se caler commodément au fond, prête à déguerpir au moindre mot du chauffeur, tant elle sentait que ce n'était pas là sa place. Seuls les puissants de ce monde peuvent s'asseoir, et la mesure de leur puissance se montre à la nature de leur siège. L'assise, c'est l'aisance. Ma mère n'avait pas d'assise.

Quand il m'était arrivé de l'emmener en voyage, elle qui n'avait jamais voyagé, je savais qu'à l'hôtel, elle n'utiliserait qu'une seule des serviettes que le service lui proposait. À quoi bon salir une deuxième, une troisième ? Je la soupçonnais même de nettoyer le sol de la salle de bains si par hasard elle y avait laissé une tache, et de défaire le lit avant de quitter les lieux. C'était moins là les réflexes d'une personne habituée à vivre de peu, que le souci de ne pas imposer à la femme de chambre qui viendrait après son départ des peines qu'elle avait trop bien partagées.

Ma mère restait dans la cuisine,
Fixant le mur de la cité
Et le jour qui tombait en ruine
Sans ouvrir l'électricité.

Elle avait gardé l'habitude
De son enfance dans la ferme
Où la vie était plutôt rude
De redouter le jour du terme

Présenté par les possédants
Et par l'argent qu'on doit, conclure

D'une vie passée dans l'usure
Qu'on a toujours été perdant.

Allumer la lampe en ce cas
Eût été un grand gaspillage ;
Le soir venait sans grand fracas
Apporter sa part d'héritage,

Suffisante à bien distinguer
Le maigre platane d'en bas
Sans avoir en plus l'embarras
De payer au passeur du gué

Qui mène du jour à la nuit
L'écot. Ainsi elle attendait
La mort, sans chamade et sans bruit,
Quand la nuit déployait son dais.

Je ne suis retourné qu'une seule fois revoir les deux fermes, la paternelle et la maternelle. L'une avait été transformée en résidence secondaire pour Parisiens retraités. La seconde était vide. Mes cousins l'avaient quittée pour aller vivre dans le P3 d'une HLM de banlieue près de Laval, subsistant avec les allocations versées par la Communauté européenne, devenus pareils aux Indiens qu'au Canada on a parqués dans des réserves. Et comme eux buvant dru.

Le grand cirque

La passion de l'égalitarisme et le refus de l'élitisme qui ont saisi la société française ne vont pas jusqu'à vouloir les imposer à tous les corps de métier. Si les professeurs de lycée, les médecins de ville, les avocats et quelques autres représentants des classes naguère parmi les plus respectées, sont devenus les prolétaires du monde nouveau, en revanche, dans le domaine du spectacle, on ne veut considérer que l'excellence. L'athlète et le mannequin sont devenus les dieux et les déesses auxquels on voue un culte continu. Le plus étonnant sans doute, dans les présentations de mode, est le regard bas, sombre et désespéré, qu'adoptent toutes ces icônes défilant d'un pas saccadé, comme si elles portaient en elles, conscientes de l'imposture qu'on leur fait assumer, toute la mélancolie secrète d'un monde qui veut, partout ailleurs, afficher les marques éclatantes du bonheur et de la liberté.

Le reste de la population a cependant sombré dans l'inconnu. Faute d'y pouvoir inviter les derniers spécimens du peuple disparu des ouvriers, on ouvrira les tréteaux à quelques personnages étonnants, nains, obèses, dyslexiques, bouffons, frégolis, paillasses et professeurs Unrath de tout genre, pareils à ceux qu'on exhibait au cirque romain, quand ils accompagnaient Césars, généraux vainqueurs et gladiateurs, pour en faire ressortir la perfection.

Ainsi, la frénésie qu'on a entretenue autour des jeux Olympiques, les affiches et les lampions de Luna Park qui sont allés jusqu'à recouvrir le fronton de l'Assemblée nationale et la façade de l'Hôtel de Ville ont été le signe le plus choquant et le plus vulgaire de cette infantilisation du monde — ou plutôt la seconde enfance qu'est sa décrépitude — en dévoilant le penchant histrionesque de ses dirigeants. Pareille fureur du corps hédoniste et hygiéniste est au début de ce siècle, mais de manière sournoise, ce que furent les Olympiades de 1937. La démocratie s'est désormais pénétrée de la morale des régimes totalitaires. Mais elle n'en a pas encore acquis le sens de la grandeur. Les cotillons plutôt que les colonnades.

Jeunisme

Livres pour les jeunes, programmes pour les jeunes, théâtre pour les jeunes... Le malheur, c'est que je ne me suis jamais senti jeune. L'époque ne se prêtait pas à ces distinctions. À quinze ans, je pensais comme aujourd'hui et me nourrissais des mêmes livres. Mes choix n'ont guère changé. Je suis né vieux, alourdi de la gravité que l'après-guerre imposait. Ce n'est qu'en vieillissant, contaminé par la société d'abondance, que je suis devenu frivole, un peu plus « jeune », ou du moins plus insouciant.

Vanitas

L'emblème traditionnel de la vanité, un crâne posé sur un livre, soit la mort qui triomphe du savoir, dissimule une imagerie plus troublante. Relié en cuir, le livre se protège de la matière même dont le crâne se prive quand la mort a fait son œuvre. On peut y lire une leçon inverse du *memento mori*, mais en moins pessimiste : ce parchemin plus ou moins lisse ou fripé qui recouvrait de son vivant la boîte osseuse, c'est à lui de protéger désormais les fruits de la pensée que le crâne aura nourris.

Addiction

Longues heures devant la télévision. Apathie, aboulie, *taedium vitae*. En général je baisse le son et regarde en silence danser les lumières. Je regarde brûler le monde. Aucune de ces flammèches, même les plus vives, n'a pourtant jamais provoqué en moi la moindre envie d'écrire, alors qu'un mot lu dans un livre me précipite à mon bureau.

Bonheur

Inexplicable bonheur de prendre l'avion. J'attends de plus en plus l'occasion de ces vols long-courriers qui sont à la vie profane ce qu'était la retraite spirituelle aux cénobites des premiers siècles.

Le désert ici, c'est le ciel à travers le hublot qui, comme en Égypte et en Syrie, apparaît toujours, une fois franchi les marais grisâtres des nuages, uniment éclatant et bleu. La solitude, c'est l'assurance, pour sept ou huit heures, le téléphone éteint, de demeurer inaccessible aux sollicitations du monde. Les visions, c'est regarder monter à des hauteurs inimaginables les cumulus blancs et gris, et les voir prendre des formes fantastiques d'animaux et de monstres. La méditation, c'est, dans le silence de la cabine, s'enfouir dans le livre que je n'ai pas eu, atterré, le courage d'ouvrir. L'élévation enfin, c'est se plonger dans la musique en branchant mes écouteurs.

Bonheur inexplicable, une fois que l'avion a terminé ses procédures d'envol, contourné Paris et viré vers l'ouest, au moment où l'on quitte la côte à la hauteur de Dieppe et que la mer commence à miroiter, d'écouter un *aria* de Mozart.

Jamais, je crois, la magie d'un certain confort technologique n'est allé si loin qu'en ces transports si apparentés aux rêves les plus fous, quand on est libéré de la pesanteur, qu'on entend la voix de la soprane, et qu'on voit défiler sous les réacteurs le paysage incroyablement coloré et divers qu'on peinait tant jadis à déchiffrer dans nos pauvres manuels de géographie. Ravi, comme Marie Madeleine au ciel des Afriques portée par des ailes, on croit à son tour percevoir déjà la musique des anges.

Perpétration du crime

On ne semble plus guère, dans la presse ou à la radio, faire de différence entre « perpétuer » et « perpétrer ». Dans la confusion des valeurs, sont devenus indistincts, par une simple coquille, et le bien et le mal. « Ces nymphes, je les veux perpétrer… » Assassinat quotidien de la langue.

Venise au crépuscule

Coucher de soleil flambant derrière Porto Marghera. On dirait que les feux du ciel viennent rivaliser à leur déclin avec les flammes de l'Enfer. Un principe igné vient s'abîmer dans le liquide huileux des abîmes, pour attiser avant la nuit la même fournaise crépusculaire.

Non seulement ce pétrole menace la ville depuis qu'il brille enflammé au bout des torchères : il est totalement étranger à sa nature. La nature de Venise n'est faite que de trois éléments, non de quatre comme ailleurs : l'air, l'eau et le feu. La terre, elle l'a en horreur, et parle avec un certain mépris des habitants lointains de la *terra ferma*. Aussi voit-elle dans ce liquide pétré jailli des profondeurs d'un sol étranger l'ennemi qui risque de la détruire, qui dissout ses monuments, qui pollue ses canaux, qui asphyxie son air.

L'assiette de Venise n'est pas comme dans les cosmographies archaïques la tranche d'une demi-sphère abritant en son fond, comme dans l'Enfer de Dante, un diable terrifiant et crachant du feu, c'est un disque d'or et de marbre qu'on a posé sur le limon des eaux.

On dit Venise mélancolique, triste, funèbre, etc. Mais non, tout au contraire. La terre est l'élément de Saturne et de son triste troupeau. Son poids, sa présence et sa couleur, à Venise, nous sont épargnés. Venise ignore la pesanteur de la terre, et par conséquent la peur du démon que cette dernière abrite. Cela donne aux pas de ceux qui foulent la cité leur étonnante légèreté. Je ne connais guère de lecture plus allègre que le journal de Casanova.

Les Autrichiens eux, peuple mélancolique et suicidaire, ne s'y trompaient pas, qui auraient voulu enterrer Venise, la ramener à la terre. C'est du temps de leur occupation que datent ces canaux *interrati*, comme dit le dialecte vénitien, qui nomme un *rio terrà* un bassin qui a été comblé.

Les Futuristes aussi, Milanais pour la plupart, reprendraient, pour se venger de la trop légère Venise, ce funeste projet, en prétendant transformer, comme on sait, son Grand Canal en autoroute. Forcenés du progrès et atrabilaires de tout poil se sont toujours ligués contre l'allégresse et l'aimable désinvolture d'une ville dont la musique de Vivaldi reste le chant le plus fidèle.

Imaginer une Venise souterraine est ainsi chose impossible, voire sacrilège. Cauchemar d'un métro vénitien qu'avait imaginé un ministre imbécile. Venise est sans fondation, sans cave, sans catacombe, sans abysse, sans chaos, sans ténèbre, sans démon. Il n'y a pas de charnier à Venise. Les pierres tombales, je le soupçonne, ne recouvrent rien, et ne demeurent qu'une inscription. Et, faute de terre où les enfouir, les corps sont incinérés, réduits en une petite poudre aérienne, que l'on enferme dans des urnes, comme le corps du démon d'Aladin dans sa lampe, et qu'on rangera sur les rayons de marbre de San Michele.

Mais la cité n'est pas pour autant sans passé, sans souvenirs, et sans archives. Ces dernières ont été confiées à ces maisons sur pilotis, que sont ici les palais perchés sur leurs colonnades.

Cette Venise liquide et gonflée comme une poche, irriguée, vascularisée, aplatie sur l'eau, me fait aussi souvent penser à un placenta, que lie au sol fœtal le cordon du pont dit de la Liberté. La terre, c'est ce qu'elle nourrit, à défaut de l'habiter.

Fêtes nocturnes

Cette façon sans façon qu'a le rêve de vous inviter chez des gens dont nous n'oserions jamais franchir la porte, de vous faire asseoir à des tables où nous n'aurions pu être conviés, de vous faire converser avec des puissants que nous ne croiserons jamais sur notre route. Rêves de grandeur, mais rêves aussi de légèreté, où tous les milieux se pénètrent, où tous les murs se défont, où l'on devient soi-même tissé de la substance immatérielle des songes, devenu passe-muraille, démon du foyer, diable amoureux, elfe dont chacun, sans s'interroger, semble accepter sans s'en inquiéter la présence aimable et quasi invisible, et qui disparaîtra avec les premières lueurs du jour.

Dieu est mort

Lu dans *Libération* que plus de la moitié des gens meurent à l'hôpital seuls, sans une main pour les toucher, sans une voix pour leur parler.

On ne naît jamais seul. Des mains sont là pour vous recueillir. On ne naît pas de personne. Or, on peut mourir sans personne. Quelle que soit la parenté métaphysique entre la mort et la naissance, c'est une différence majeure. Vous êtes attendu, mais on vous raccompagne rarement. À l'entrée dans la vie, l'escalier est d'honneur, mais la sortie est dérobée. On attendait tout de vous, on n'en attend plus rien. Prévenue, la famille ne se déplacera pas.

Cela veut dire aussi que cette absence d'« accompagnement en fin de vie », comme dit le jargon hospitalier, entraîne une longue agonie où les douleurs deviennent intolérables et où l'on peut étouffer des heures, dans la plus atroce solitude, avant de trépasser. Or ce sont les conditions dans lesquelles le Christ est mort sur la croix : par étouffement après des heures d'agonie. Mais sa famille était là, au pied du calvaire, sa mère, et les trois femmes, et les disciples. Et son corps sera déposé dans le giron de celle dont il est né, comme un nouveau nouveau-né et comme pour préparer sa seconde naissance. Quel âge donne-t-on à Marie dans les Apocryphes, quand elle enfanta ? Quinze ans ?

Cette mort d'un dieu sur un mont chauve fut à tout prendre moins misérable que celle du premier homme venu, dans un environnement médicalisé de haute compétence.

Paranoïa

Réveillé ce matin en butte à la terre entière. Il va me falloir la journée pour me réconcilier avec mes semblables et me faire un peu sourire au repas du soir.

Autrefois, c'est la dépression qui m'abattait au lever, et qui ne consentait à se dissiper que vers midi.

La psychiatrie expliquerait sans doute ces variations de la complexion qui, avec le temps, au mépris des vieilles théories humorales, vous changent un homme de mélancolique en colérique, voire en sanguin.

Romantisme

Lu dans un vieux Baedeker sur l'Italie, à propos du Semmering, cette notation : « La voie suit le cours de la Mürz, dans une vallée charmante égayée par des usines. »

Cette gaieté inattendue du monde industriel nous ramène en imagination aux premiers temps du romantisme, quand le voyageur solitaire s'enchantait au milieu des bois de la présence d'un four à chaux ou d'une forge fumante, que Novalis était géologue et Carus physicien, et qu'on croyait encore que l'homme et l'usine feraient bon ménage.

Relativité

Les globes de Coronelli, naguère exposés dans le forum du Centre Pompidou, paraissaient immenses : la cage pouvait à peine contenir ces deux mondes. Aujourd'hui suspendus sous la verrière du Grand Palais, ils semblent minuscules : de petites lunes perdues sous le firmament. L'impression tient bien sûr à l'échelle : la nef du Grand Palais est si vaste qu'elle pourrait contenir quatre à cinq fois l'édifice de Beaubourg.

L'exploit technique du Grand Palais était, en 1900, autrement plus audacieux que la tuyauterie du Centre en 1975, et son architecture, autrement plus élégante. Vanter, comme le font encore les écervelés, les réalisations de l'architecture « moderne » de fer et de verre, c'est nier que le progrès peut parfois aller à reculons. Le Crystal Palace était grandiose et c'était une merveille. Beaubourg est un projet mesquin et reste, au cœur des Halles, une sottise esthétique.

Faut-il ajouter — mais c'est là une remarque personnelle — que le quadrige de Récipon couronnant l'entrée du Grand Palais est une admirable pièce sculptée ? Et si l'on goûte peu son esthétique, du moins peut-on toujours admirer l'exploit technique, qui renvoie le pot de fleurs doré d'un certain Jean-Pierre Raynaud déposé sur le parvis de Beaubourg à ce qu'il est, un spécimen de l'art des nains de jardin.

Berlin

La *Potsdamer Platz*, à présent à peu près rebâtie, ressemble étrangement aux épures d'architecture dont rêvait Hans Poelzig dans les années 20. Les alignements sont si purs, si réguliers, si cristallins, qu'on doute de les savoir réels. En même temps, la surabondance des courbes, des cercles, des obliques héroïques, des spirales, et, la nuit tombée, les couleurs qui les illuminent, couleurs de fête foraine, violet, rouge, vert clinquant, font penser à l'architecture de verre de Bruno Taut. Il aura fallu une guerre et la destruction totale de l'ancienne cité pour, quatre-vingts ans plus tard, voir réaliser ce qui n'était que des utopies.

La ville est si immatérielle qu'on est surpris d'y voir marcher, dans la rue plus bas, un passant solitaire ou bien s'agiter, derrière les fenêtres, en face, des formes humaines. Elles bougent sous les vitres comme les animalcules qu'on regarde bouger sous la lamelle du microscope. Cet univers d'acier, de cristal et de marbre est si lisse qu'il en paraît stérile. Toute trace du passé a été soigneusement lavée, nettoyée, rincée, décontaminée, comme on désinfecte une boîte de Piétri avant d'y cultiver de nouveaux organismes.

« Café Billy Wilder », « Marlene Dietrich Platz », ou, plus inattendue, une « Ben Gourion Avenue » : la toponymie du nouveau Berlin se réfère à un temps qu'elle n'a pas connu ou qu'elle a combattu. Ces noms fabuleux qu'elle célèbre aujourd'hui semblent comme des regrets gravés sur une pierre tombale.

La chambre d'hôtel est d'une nudité monacale. Surfaces lisses toujours, mais prismatiques — l'angle droit a été banni au profit de l'angle aigu, si bien que, bizarrement, l'hygiénisme général du propos se trahit soudain par un caligarisme sournois. Toujours les mêmes parois glacées de verre, de métal, de marbre que l'on peut nettoyer sans fin et qui ne laissent aucune trace, aucune odeur, aucune sécrétion, aucun poil de l'habitant précédent.

J'ai longtemps cherché du papier pour écrire ces notes, sans l'avoir trouvé. Le papier à lettres semble être devenu une chose à dissimuler dans les hôtels depuis qu'y règnent la télévision et la connexion

Internet. En revanche, il y a des miroirs un peu partout, et dans des lieux les plus inattendus, qui permettent de vous surprendre selon des angles auxquels on est peu accoutumé. A-t-on jamais eu souvent l'occasion de se découvrir de profil trois quarts ou de voir la forme exacte de ses fesses ?

L'image TV et le reflet des glaces sont dans cette cellule les seules réflexions admises.

L'amour des mots

La hargne, souvent la haine, dont la psychanalyse semble désormais la proie, renvoie à une aversion plus profonde : la haine du langage, telle qu'elle s'exprime dans l'homme d'aujourd'hui.

La méconnaissance de l'orthographe, la pauvreté confondante du vocabulaire, la grossièreté de l'expression orale, l'usage habituel de mots orduriers, plus graves encore, la dyslexie et la désarticulation radicale de la syntaxe, bien d'autres traits d'un mépris de la langue, sont les signes d'une catastrophe de l'expression verbale qui me paraît sans égal dans le temps.

Foin des mots. L'image, le bruit triomphent. Vacarmes et bombardements visuels ininterrompus. Domination absolue du sensoriel sur le spirituel. Le cerveau est pris par la vibration incessante et immédiate des décibels et des photons au point qu'il n'a plus le temps ni le recul de penser. Le *Sinnlichkeit* que redoutait Freud a fini par l'emporter sur le *Geistigkeit* dont il se réclamait. L'immédiat de la sensation a englouti l'être. Plus question de souvenirs, plus question d'anamnèses, traque acharnée des silences, phobie irraisonnée des « blancs » — une seconde de silence sur l'écran de télévision paraît interminable, coûte cher à la production et produit, paraît-il, un effet désastreux.

Nous semblons désormais en perpétuelle représentation, sommés de bavarder sans penser. Une société frénétique ne veut plus rien savoir de la mort vers laquelle elle court cependant tête basse.

Or la psychanalyse, en ces temps de déroute des humanités, était restée le dernier carré où l'on continuait d'aimer la langue au point de l'interroger sans cesse, au milieu des silences. C'était moins une clinique qu'une discipline, moins une thérapeutique qu'une morale. Ce que parler veut dire. Entendre les mots. Le sens des mots. Le psychanalyste restait à l'écoute. Et son oreille était si fine qu'elle requérait un sens aigu des expressions de la parole, de son souffle et de son articulation. Le mythe de Schéhérazade, qui doit sans arrêt imaginer les récits les plus beaux pour éloigner sa fin, est devenu incompréhensible à nos contemporains.

La psychanalyse avait gardé ainsi, seule peut-être dans un univers totalement technicisé, le respect de la langue. Dans la Bérézina du système éducatif, elle s'obstinait, demeurée fidèle à la loi du *logos* et dans le calme du cabinet, à sauver coûte que coûte les mots de la tribu.

Freud, dit-on, écrivait comme Goethe. La comparaison est sans doute excessive, mais son sens est sous-estimé : pratiquer l'analyse, c'est bien avoir de la langue une connaissance si intime, si précise, exacte et poétique à la fois, qu'elle s'apparente à celle d'un grand écrivain.

Cette prétention-là est devenue intolérable. Les hommes s'expriment désormais par purs réflexes cognitifs, ne répondent qu'à des stimuli sensoriels, comme le chien de Pavlov salive et aboie. Tout trouble ou tout ralentissement dans la communication ne relève que du physico-chimique.

Ceux qui hurlent à la mort aujourd'hui contre la psychanalyse le font en écho à ceux qui, dans les années 30, en URSS et en Allemagne, voulaient interdire son exercice. Voici revenu le temps des brutes.

Femme au bain

Toutes les femmes que j'ai connues aimaient, sans mesure, prendre un bain. Les plus affairées trouvaient toujours une heure dans un emploi du temps serré, pour se couler dans la vasque blanche et s'y attarder, alors que les hommes préfèrent user de ce temps pour discuter entre eux, en macérant dans leur sueur.

Je ne sais plus si Sandor Ferenczi a jamais évoqué ce trait domestique de « régression thalassale », qui rattache si fortement et si délicatement nos compagnes à leur lointain passé, et chaque jour, comme on remet à l'heure l'horloge biologique des viscères, rétablit l'accord subtil de leurs entrailles au calme des plus anciens fonds marins.

La femme est au bain pour s'y retrouver comme l'homme est au comptoir pour s'affronter à son voisin. En tout cas, cet atavisme immémorial n'aura pas cessé de fournir l'un des beaux thèmes de l'iconographie occidentale, de la Suzanne de Rembrandt à la Marthe de Pierre Bonnard.

N'importe quoi

Justification, peut-être, de ce journal, cette réflexion de Julien Green : « Le secret, c'est d'écrire n'importe quoi, parce que lorsqu'on écrit n'importe quoi, on commence à dire les choses les plus importantes. »

Septembre 2004-septembre 2005

DU MÊME AUTEUR

Aux Éditions Gallimard

LES CHEMINS DÉTOURNÉS, 1962.

CONSIDÉRATIONS SUR L'ÉTAT DES BEAUX-ARTS. CRITIQUE DE LA MODERNITÉ, 1983, 1989, 2005.

LE NU ET LA NORME. KLIMT ET PICASSO EN 1907, 1988.

MÉDUSE. CONTRIBUTION À UNE ANTHROPOLOGIE DES ARTS DU VISUEL, 1989.

LE NEZ DE GIACOMETTI. FACES DE CARÊME, FIGURES DE CARNAVAL, 1992.

ÉLOGE DU VISIBLE. FONDEMENTS IMAGINAIRES DE LA SCIENCE, 1996.

MALINCONIA. MOTIFS SATURNIENS DANS L'ART DE L'ENTRE-DEUX-GUERRES, 1996.

LA RESPONSABILITÉ DE L'ARTISTE. LES AVANT-GARDES ENTRE TERREUR ET RAISON, 1997.

SUR MARCEL DUCHAMP ET LA FIN DE L'ART, 2000.

LA BARBARIE ORDINAIRE. MUSIC À DACHAU, 2001.

COURT TRAITÉ DES SENSATIONS, 2002.

UNE LEÇON D'ABÎME, NEUF APPROCHES DE PICASSO, 2005.

JOURNAL ATRABILAIRE, 2006 (Folio nº 4680).

LAIT NOIR DE L'AUBE, 2007.

AUTOPORTRAIT AU VISAGE ABSENT, ÉCRITS SUR L'ART (1981-2007), 2008.

LA TOURTERELLE ET LE CHAT-HUANT, JOURNAL (2007-2008), 2009.

Chez d'autres éditeurs

MARCEL DUCHAMP OU LE GRAND FICTIF, Galilée, 1975.

DELVAUX (en collaboration avec Michel Butor), Société d'éditions internationales, Bruxelles, 1975.

BONNARD, Screpel, 1975.

DUCHAMP ET LA PHOTOGRAPHIE, Le Chêne, 1978.

HENRI CARTIER-BRESSON, Delpire, 1982.

CHRISTIAN BÉRARD (en collaboration), Herscher, 1987.

MUSIC : L'ŒUVRE GRAPHIQUE, Centre Georges-Pompidou, 1988.

PARADOXE SUR LE CONSERVATEUR, L'Échoppe, 1988.

BRÈVE DÉFENSE DE L'ART FRANÇAIS : 1945-1968, L'Échoppe, 1989.

DE L'INVENTION SIMULTANÉE DE LA PÉNICILLINE ET DE L'ACTION PAINTING, ET DE SON SENS, L'Échoppe, 1990.

ONZE CHANSONS PUÉRILES, L'Échoppe, 1991.

ÉLEVAGE DE POUSSIÈRE : BEAUBOURG VINGT ANS APRÈS, L'Échoppe, 1992.

BALTHUS. LES MÉTAMORPHOSES D'ÉROS, Réunion des musées nationaux, 1996.

SAM SZÁFRAN, Skira, 1996.

HENRI CARTIER-BRESSON, DES EUROPÉENS, Seuil, 1997.

CINQ NOTES SUR L'ŒUVRE DE LOUISE BOURGEOIS, L'Échoppe, 1999.

MALAISE DANS LES MUSÉES, Flammarion, 2007.

Directeur d'ouvrages

LES MACHINES CÉLIBATAIRES, Alfieri, 1975.

MARCEL DUCHAMP : CATALOGUE RAISONNÉ DE L'ŒUVRE, Centre Georges-Pompidou, 1977.

BONNARD, Centre Georges-Pompidou et Thames & Hudson (Londres), 1984.

BALTHUS, Centre Georges-Pompidou, 1984.

VIENNE : L'APOCALYPSE JOYEUSE, Centre Georges-Pompidou, 1986.

LES ANNÉES 20 : L'ÂGE DES MÉTROPOLES, Musée des Beaux-Arts de Montréal/Gallimard, 1991.

L'ÂME AU CORPS : ART ET SCIENCES, 1793-1993, Réunion des musées nationaux/Gallimard/Electa, 1993.

PARADIS PERDUS : L'EUROPE SYMBOLISTE, Musée des Beaux-Arts de Montréal/Flammarion, 1995.

IDENTITÀ E ALTERITÀ : FIGURE DEL CORPO, 1895-1995, Marsilio (Venise), 1995.

PICASSO 1917-1924 : LE VOYAGE D'ITALIE, Gallimard, 1998.

COSMOS : DU ROMANTISME À L'AVANT-GARDE, 1801-2001, Musée des Beaux-Arts de Montréal/Gallimard, 1999.

BALTHUS : CATALOGUE RAISONNÉ DE L'ŒUVRE COMPLET (avec Virginie Monnier), Gallimard, 1999.

BALTHUS, Palazzo Grassi, Bompiani (Milan), Flammarion et Abrams (New York), 2001.

LA GRANDE PARADE. PORTRAIT DE L'ARTISTE EN CLOWN, Musée des Beaux-Arts du Canada/Gallimard/Réunion des musées nationaux, 2004.

MÉLANCOLIE, GÉNIE ET FOLIE EN OCCIDENT, Réunion des musées nationaux/Gallimard, 2005.

LES ANNÉES 30. LA FABRIQUE DE « L'HOMME NOUVEAU », Musée des Beaux-Arts du Canada/Gallimard, 2008.

CRIME ET CHÂTIMENT, Musée d'Orsay/Gallimard, 2010.

COLLECTION FOLIO

Dernières parutions

4761. Saint Augustin — *Confessions. Livre X.*
4762. René Belletto — *Ville de la peur.*
4763. Bernard Chapuis — *Vieux garçon.*
4764. Charles Julliet — *Au pays du long nuage blanc.*
4765. Patrick Lapeyre — *La lenteur de l'avenir.*
4766. Richard Millet — *Le chant des adolescentes.*
4767. Richard Millet — *Cœur blanc.*
4768. Martin Amis — *Chien Jaune.*
4769. Antoine Bello — *Éloge de la pièce manquante.*
4770. Emmanuel Carrère — *Bravoure.*
4771. Emmanuel Carrère — *Un roman russe.*
4772. Tracy Chevalier — *L'innocence.*
4773. Sous la direction d'Alain Finkielkraut — *Qu'est-ce que la France ?*
4774. Benoît Duteurtre — *Chemins de fer.*
4775. Philippe Forest — *Tous les enfants sauf un.*
4776. Valentine Goby — *L'échappée.*
4777. Régis Jauffret — *L'enfance est un rêve d'enfant.*
4778. David McNeil — *Angie ou les douze mesures d'un blues.*
4779. Grégoire Polet — *Excusez les fautes du copiste.*
4780. Zoé Valdés — *L'éternité de l'instant.*
4781. Collectif — *Sur le zinc. Au café avec les écrivains.*
4782. Francis Scott Fitzgerald — *L'étrange histoire de Benjamin Button* suivi de *La lie du bonheur.*
4783. Lao She — *Le nouvel inspecteur* suivi de *Le croissant de lune.*
4784. Guy de Maupassant — *Apparition et autres contes de l'étrange.*
4785. D. A. F. de Sade — *Eugénie de Franval.*
4786. Patrick Amine — *Petit éloge de la colère.*
4787. Élisabeth Barillé — *Petit éloge du sensible.*
4788. Didier Daeninckx — *Petit éloge des faits divers.*
4789. Nathalie Kuperman — *Petit éloge de la haine.*
4790. Marcel Proust — *La fin de la jalousie.*

4791. Friedrich Nietzsche — *Lettres choisies.*
4792. Alexandre Dumas — *La Dame de Monsoreau.*
4793. Julian Barnes — *Arthur & George.*
4794. François Bégaudeau — *Jouer juste.*
4795. Olivier Bleys — *Semper Augustus.*
4796. Éric Fottorino — *Baisers de cinéma.*
4797. Jens Christian Grøndahl — *Piazza Bucarest.*
4798. Orhan Pamuk — *Istanbul.*
4799. J.-B. Pontalis — *Elles.*
4800. Jean Rolin — *L'explosion de la durite.*
4801. Willy Ronis — *Ce jour-là.*
4802. Ludovic Roubaudi — *Les chiens écrasés.*
4803. Gilbert Sinoué — *Le colonel et l'enfant-roi.*
4804. Philippe Sollers — *L'évangile de Nietzsche.*
4805. François Sureau — *L'obéissance.*
4806. Montesquieu — *Considérations sur les causes de la grandeur des Romains et de leur décadence.*
4807. Collectif — *Des nouvelles de McSweeney's.*
4808. J. G. Ballard — *Que notre règne arrive.*
4809. Erri De Luca — *Sur la trace de Nives.*
4810. René Frégni — *Maudit le jour.*
4811. François Gantheret — *Les corps perdus.*
4812. Nikos Kavvadias — *Le quart.*
4813. Claudio Magris — *À l'aveugle.*
4814. Ludmila Oulitskaïa — *Mensonges de femmes.*
4815. Arto Paasilinna — *Le bestial serviteur du pasteur Huuskonen.*
4816. Alix de Saint-André — *Il n'y a pas de grandes personnes.*
4817. Dai Sijie — *Par une nuit où la lune ne s'est pas levée.*
4818. Antonio Tabucchi — *Piazza d'Italia.*
4819. Collectif — *Les guerres puniques.*
4820. Patrick Declerck — *Garanti sans moraline.*
4821. Isabelle Jarry — *Millefeuille de onze ans.*
4822. Joseph Kessel — *Ami, entends-tu…*
4823. Clara Sánchez — *Un million de lumières.*
4824. Denis Tillinac — *Je nous revois...*
4825. George Sand — *Elle et Lui.*
4826. Nina Bouraoui — *Avant les hommes.*
4827. John Cheever — *Les lumières de Bullet Park.*

4828. Didier Daeninckx — *La mort en dédicace.*
4829. Philippe Forest — *Le nouvel amour.*
4830. André Gorz — *Lettre à D.*
4831. Shirley Hazzard — *Le passage de Vénus.*
4832. Vénus Khoury-Ghata — *Sept pierres pour la femme adultère.*
4833. Danielle Mitterrand — *Le livre de ma mémoire.*
4834. Patrick Modiano — *Dans le café de la jeunesse perdue.*
4835. Marisha Pessl — *La physique des catastrophes.*
4837. Joy Sorman — *Du bruit.*
4838. Brina Svit — *Coco Dias ou La Porte Dorée.*
4839. Julian Barnes — *À jamais* et autres nouvelles.
4840. John Cheever — *Une Américaine instruite* suivi d'*Adieu, mon frère.*
4841. Collectif — *«Que je vous aime, que je t'aime!»*
4842. André Gide — *Souvenirs de la cour d'assises.*
4843. Jean Giono — *Notes sur l'affaire Dominici.*
4844. Jean de La Fontaine — *Comment l'esprit vient aux filles.*
4845. Yukio Mishima — *Papillon* suivi de *La lionne.*
4846. John Steinbeck — *Le meurtre* et autres nouvelles.
4847. Anton Tchékhov — *Un royaume de femmes* suivi de *De l'amour.*
4848. Voltaire — *L'Affaire du chevalier de La Barre* précédé de *L'Affaire Lally.*
4849. Victor Hugo — *Notre-Dame de Paris.*
4850. Françoise Chandernagor — *La première épouse.*
4851. Collectif — *L'œil de La NRF.*
4852. Marie Darrieussecq — *Tom est mort.*
4853. Vincent Delecroix — *La chaussure sur le toit.*
4854. Ananda Devi — *Indian Tango.*
4855. Hans Fallada — *Quoi de neuf, petit homme?*
4856. Éric Fottorino — *Un territoire fragile.*
4857. Yannick Haenel — *Cercle.*
4858. Pierre Péju — *Cœur de pierre.*
4859. Knud Romer — *Cochon d'Allemand.*
4860. Philip Roth — *Un homme.*
4861. François Taillandier — *Il n'y a personne dans les tombes.*
4862. Kazuo Ishiguro — *Un artiste du monde flottant.*

4863.	Christian Bobin	*La dame blanche.*
4864.	Sous la direction d'Alain Finkielkraut	*La querelle de l'école.*
4865.	Chahdortt Djavann	*Autoportrait de l'autre.*
4866.	Laura Esquivel	*Chocolat amer.*
4867.	Gilles Leroy	*Alabama Song.*
4868.	Gilles Leroy	*Les jardins publics.*
4869.	Michèle Lesbre	*Le canapé rouge.*
4870.	Carole Martinez	*Le cœur cousu.*
4871.	Sergio Pitol	*La vie conjugale.*
4872.	Juan Rulfo	*Pedro Páramo.*
4873.	Zadie Smith	*De la beauté.*
4874.	Philippe Sollers	*Un vrai roman. Mémoires.*
4875.	Marie d'Agoult	*Premières années.*
4876.	Madame de Lafayette	*Histoire de la princesse de Montpensier* et autres nouvelles.
4877.	Madame Riccoboni	*Histoire de M. le marquis de Cressy.*
4878.	Madame de Sévigné	*« Je vous écris tous les jours… »*
4879.	Madame de Staël	*Trois nouvelles.*
4880.	Sophie Chauveau	*L'obsession Vinci.*
4881.	Harriet Scott Chessman	*Lydia Cassatt lisant le journal du matin.*
4882.	Raphaël Confiant	*Case à Chine.*
4883.	Benedetta Craveri	*Reines et favorites.*
4884.	Erri De Luca	*Au nom de la mère.*
4885.	Pierre Dubois	*Les contes de crimes.*
4886.	Paula Fox	*Côte ouest.*
4887.	Amir Gutfreund	*Les gens indispensables ne meurent jamais.*
4888.	Pierre Guyotat	*Formation.*
4889.	Marie-Dominique Lelièvre	*Sagan à toute allure.*
4890.	Olivia Rosenthal	*On n'est pas là pour disparaître.*
4891.	Laurence Schifano	*Visconti.*
4892.	Daniel Pennac	*Chagrin d'école.*
4893.	Michel de Montaigne	*Essais I.*
4894.	Michel de Montaigne	*Essais II.*
4895.	Michel de Montaigne	*Essais III.*

4896. Paul Morand — *L'allure de Chanel.*
4897. Pierre Assouline — *Le portrait.*
4898. Nicolas Bouvier — *Le vide et le plein.*
4899. Patrick Chamoiseau — *Un dimanche au cachot.*
4900. David Fauquemberg — *Nullarbor.*
4901. Olivier Germain-Thomas — *Le Bénarès-Kyôto.*
4902. Dominique Mainard — *Je voudrais tant que tu te souviennes.*
4903. Dan O'Brien — *Les bisons de Broken Heart.*
4904. Grégoire Polet — *Leurs vies éclatantes.*
4905. Jean-Christophe Rufin — *Un léopard sur le garrot.*
4906. Gilbert Sinoué — *La Dame à la lampe.*
4907. Nathacha Appanah — *La noce d'Anna.*
4908. Joyce Carol Oates — *Sexy.*
4909. Nicolas Fargues — *Beau rôle.*
4910. Jane Austen — *Le Cœur et la Raison.*
4911. Karen Blixen — *Saison à Copenhague.*
4912. Julio Cortázar — *La porte condamnée* et autres nouvelles fantastiques.
4913. Mircea Eliade — *Incognito à Buchenwald...* précédé d'*Adieu !...*
4914. Romain Gary — *Les trésors de la mer Rouge.*
4915. Aldous Huxley — *Le jeune Archimède* précédé de *Les Claxton.*
4916. Régis Jauffret — *Ce que c'est que l'amour* et autres microfictions.
4917. Joseph Kessel — *Une balle perdue.*
4918. Lie-tseu — *Sur le destin* et autres textes.
4919. Junichirô Tanizaki — *Le pont flottant des songes.*
4920. Oscar Wilde — *Le portrait de Mr. W.H.*
4921. Vassilis Alexakis — *Ap. J.-C.*
4922. Alessandro Baricco — *Cette histoire-là.*
4923. Tahar Ben Jelloun — *Sur ma mère.*
4924. Antoni Casas Ros — *Le théorème d'Almodóvar.*
4925. Guy Goffette — *L'autre Verlaine.*
4926. Céline Minard — *Le dernier monde.*
4927. Kate O'Riordan — *Le garçon dans la lune.*
4928. Yves Pagès — *Le soi-disant.*
4929. Judith Perrignon — *C'était mon frère...*
4930. Danièle Sallenave — *Castor de guerre*
4931. Kazuo Ishiguro — *La lumière pâle sur les collines.*
4932. Lian Hearn — *Le Fil du destin. Le Clan des Otori.*

4933. Martin Amis	*London Fields.*
4934. Jules Verne	*Le Tour du monde en quatre-vingts jours.*
4935. Harry Crews	*Des mules et des hommes.*
4936. René Belletto	*Créature.*
4937. Benoît Duteurtre	*Les malentendus.*
4938. Patrick Lapeyre	*Ludo et compagnie.*
4939. Muriel Barbery	*L'élégance du hérisson.*
4940. Melvin Burgess	*Junk.*
4941. Vincent Delecroix	*Ce qui est perdu.*
4942. Philippe Delerm	*Maintenant, foutez-moi la paix !*
4943. Alain-Fournier	*Le grand Meaulnes.*
4944. Jerôme Garcin	*Son excellence, monsieur mon ami.*
4945. Marie-Hélène Lafon	*Les derniers Indiens.*
4946. Claire Messud	*Les enfants de l'empereur*
4947. Amos Oz	*Vie et mort en quatre rimes*
4948. Daniel Rondeau	*Carthage*
4949. Salman Rushdie	*Le dernier soupir du Maure*
4950. Boualem Sansal	*Le village de l'Allemand*
4951. Lee Seung-U	*La vie rêvée des plantes*
4952. Alexandre Dumas	*La Reine Margot*
4953. Eva Almassy	*Petit éloge des petites filles*
4954. Franz Bartelt	*Petit éloge de la vie de tous les jours*
4955. Roger Caillois	*Noé* et autres textes
4956. Casanova	*Madame F.* suivi d'*Henriette*
4957. Henry James	*De Grey, histoire romantique*
4958. Patrick Kéchichian	*Petit éloge du catholicisme*
4959. Michel Lermontov	*La Princesse Ligovskoï*
4960. Pierre Péju	*L'idiot de Shangai* et autres nouvelles
4961. Brina Svit	*Petit éloge de la rupture*
4962. John Updike	*Publicité*
4963. Noëlle Revaz	*Rapport aux bêtes*
4964. Dominique Barbéris	*Quelque chose à cacher*
4965. Tonino Benacquista	*Malavita encore*
4966. John Cheever	*Falconer*
4967. Gérard de Cortanze	*Cyclone*
4968. Régis Debray	*Un candide en Terre sainte*
4969. Penelope Fitzgerald	*Début de printemps*

4970. René Frégni *Tu tomberas avec la nuit*
4971. Régis Jauffret *Stricte intimité*
4972. Alona Kimhi *Moi, Anastasia*
4973. Richard Millet *L'Orient désert*
4974. José Luís Peixoto *Le cimetière de pianos*
4975. Michel Quint *Une ombre, sans doute*
4976. Fédor Dostoïevski *Le Songe d'un homme ridicule* et autres récits
4977. Roberto Saviano *Gomorra*
4978. Chuck Palahniuk *Le Festival de la couille*
4979. Martin Amis *La Maison des Rencontres*
4980. Antoine Bello *Les funambules*
4981. Maryse Condé *Les belles ténébreuses*
4982. Didier Daeninckx *Camarades de classe*
4983. Patrick Declerck *Socrate dans la nuit*
4984. André Gide *Retour de l'U.R.S.S.*
4985. Franz-Olivier Giesbert *Le huitième prophète*
4986. Kazuo Ishiguro *Quand nous étions orphelins*
4987. Pierre Magnan *Chronique d'un château hanté*
4988. Arto Paasilinna *Le cantique de l'apocalypse joyeuse*
4989. H.M. van den Brink *Sur l'eau*
4990. George Eliot *Daniel Deronda, 1*
4991. George Eliot *Daniel Deronda, 2*
4992. Jean Giono *J'ai ce que j'ai donné*
4993. Édouard Levé *Suicide*
4994. Pascale Roze *Itsik*
4995. Philippe Sollers *Guerres secrètes*
4996. Vladimir Nabokov *L'exploit*
4997. Salim Bachi *Le silence de Mahomet*
4998. Albert Camus *La mort heureuse*
4999. John Cheever *Déjeuner de famille*
5000. Annie Ernaux *Les années*
5001. David Foenkinos *Nos séparations*
5002. Tristan Garcia *La meilleure part des hommes*
5003. Valentine Goby *Qui touche à mon corps je le tue*
5004. Rawi Hage *De Niro's Game*
5005. Pierre Jourde *Le Tibet sans peine*
5006. Javier Marías *Demain dans la bataille pense à moi*
5007. Ian McEwan *Sur la plage de Chesil*
5008. Gisèle Pineau *Morne Câpresse*

Composition Imprimerie Folch
Impression Novoprint
à Barcelone, le 2 juillet 2010
Dépôt légal : juillet 2010
1er dépôt légal dans la collection : janvier 2008

ISBN 978-2-07-034934-0./Imprimé en Espagne.

178237